U0024424

帥醫筆記

之11 詭祕投資

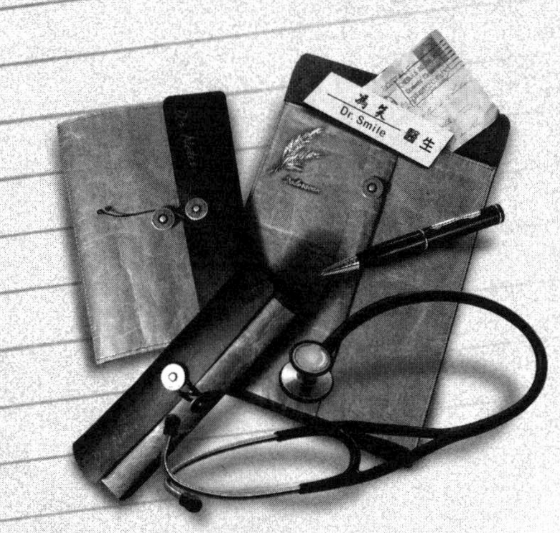

司徒浪◎著

我是一名婦科醫生。

每天，我都會接觸到女人那些難以啟齒的病痛，

我的職責便是為她們解除痛苦。

假如我看她們的笑話，出賣她們的隱私，

將她們的病痛當做閒聊話題，我就是個毫無廉恥的卑鄙小人。

我總認為女人比我們男人乾淨，她們不像我們男人，

為了競爭爾虞我詐，用心計、耍手腕，

她們心地善良單純，我因此本能地對她們產生憐愛。

我覺得女人真是一種奇怪的動物，她們有時候很難讓人理解。

女人的情感，就彷彿是天上飄著的一片雲，來無影去無蹤。

有時候你會覺得她們很變態，真的，她們固執起來的時候真的很變態。

說到底，男人或許是一種極端自私的動物，在他們眼中，只有獵物，沒有女人。

於是，許許多多說不清道不明、不便說也不能說的事情發生了。

而我只能將一切藏在心中，或者，寫入我的筆記……

——馮笑手記

目錄

帥醫筆記

第一章

富得只剩黃金

大年三十，林易、施燕妮和我們一家人過團圓年。
我把裝有兩個黃金柿子的漂亮木盒端到桌上，給林易拜年。
林易頓時高興極了，連聲說道：「這禮物好，這禮物好！」
可是，當林易他們離開後，父親卻對我說了一句：
「馮笑，你同學送我的禮物是黃金的，
你送你岳父的禮物也是黃金的，難道真是富得只剩下黃金了？」

晚上十一點多，大家都睡了。

我卻一直在想：去不去常育那裏呢？

我躺在床上，床邊是陳圓。

每天晚上，孩子和我父母在一起，而我則與陳圓共處一室。

雖然她是昏迷著的，但我卻感覺到她正在看著我。

不能去，不然，你更對不起陳圓了。我心裏對自己說。

於是，我開始睡覺。

然而，我犯了一個錯誤：我忘記了關手機。

睡夢中，我忽然聽到了自己手機的聲響，迷迷糊糊想也沒想就拿起來接聽。

「你父母還沒睡覺啊？」電話裏的聲音很小，是常育。

我忽然想起了那件事情來，「是啊，改天吧姐。」

「你騙我，你聲音都迷糊了，肯定是睡著了。」她說。

「是，我喝酒喝多了，正在睡覺呢，改天吧。」我說。

「馮笑，你討厭！我等了你一晚上，結果你卻自己睡著了。」她說，很生氣的語氣。我的瞌睡頓時醒了，「姐，你別生氣，真的是酒喝多了點。本來是等父母睡覺後悄悄出門的，結果不知道怎麼的，就睡著了。」

「這倒有可能。」她頓時笑了起來，「你現在不是已經醒了嗎？趕快過來吧。姐今天好想……」

我：「……」

她又說道：「我等你啊，你快點。」隨即掛斷了電話。

我歎息著悄悄起床。不敢開燈，就這樣在黑暗中窸窸窣窣地穿好衣服。因為我不敢去看陳圓。

現在已經是凌晨了，也就是說，現在已經進入到今年的最後一天。我發現大街上的車輛依然不少，知道那些車裏的大多數是正朝自己家裏趕去的人們。天上霧濛濛的，看不到一顆星星，馬路兩旁的路燈在寒冷的天氣裏也顯得有些孤寂，我忽然打了一個冷噤，感覺自己有些悲哀。

是的，是悲哀。因為我忽然發現，這個世界真的是公平的。常育給了我那麼多財富，而我呢，她的一個電話，即使這麼晚了，我也得趕過去。

很快就到了常育所住的別墅區外面的道路上。這裏與前面的街道不大一樣，路上的行人已所剩無幾，只有兩三個孤獨的身影飄盪在繁華的霓虹燈下。

車剛剛在別墅停下，車燈還沒有關閉，就看見別墅的門打開了，門口處是常育穿著加厚睡袍的身形。

我急忙下車，摁下車鎖遙控器，快速朝大門處跑去。

「快點。」她輕聲在叫我。

門，被她輕輕地關上了，隨即，我感覺到一具溫暖的軀體擁抱住了我，「馮笑，你終於來了……」

我沒動，感覺到她的身體在我身後像蛇一般朝我纏繞，我身體裏的每一個細胞開始興奮起來……

我緩緩地轉身，頓時不能呼吸……我看見，她的睡袍已經解開了，我眼前是她的前胸，還有她的雙腿，以及那一抹動人的黑色。

她閉上了雙眼。

我即刻將她橫抱，一步一步朝樓梯處走上去。

我眼前的她，眼睛緊閉，睫毛在微微顫動，她的雙乳隨著我的腳步在波動。

我情不自禁俯身去親吻了一下，她猛然地發出一聲長長的呻吟……

曾經聽人講過：上帝之所以偉大，是因為他在造人的時候，就設計好了一件事情——讓我們在極度愉悅的同時，不知不覺地完成傳宗接代的使命。

當然，我們現在卻都在逃避責任。

她在沉睡，彷彿已經昏迷。

我躺在她身旁，不住喘息。

十分鐘之後，我讓自己的呼吸平靜了下來。

我輕輕搖晃了一下她的身體，「姐，我回去了。」

她沒有動彈，依然在沉睡。

我慢慢穿上衣服，隨即坐在床沿穿褲子，還有襪子，正準備起身時，卻猛然感覺到自己被一雙手環抱住了。

「馮笑，別走，陪陪我。」

我沒有動彈，「姐，我父母在家裏，我悄悄溜出來的。」

「馮笑，我好寂寞。」她說，聲音在我耳畔。

「姐，我知道，但是確實沒辦法。」我的心開始柔軟。

「那你陪姐說會兒話再走吧。」她在歎息。

我握住了她的手，「好的。」

我和衣躺倒在床上，她赤裸地匍匐在我的懷裏，房間的空調開得很暖和。

我們都在沉默，卻真正體會到了無聲勝有聲的那種意境。

忽然地，我想起了一件事情來，「姐，問你件事情。」

「嗯。」她的纖纖細指來到了我的唇上，輕柔地觸摸。

「你說，我過年給我那岳父送什麼好啊？」我問道。

「一家人，搞那麼些虛禮幹嗎？」她說。

「他是長輩啊，應該的吧？」我說，看著上面漂亮的天花板。

「他最需要什麼？」她問。

我頓時一怔，因為我發現她的這個問題和我父親的一模一樣。

於是，我回答道：「他最希望有他自己的孩子。」

「你給他介紹個女病人當情婦吧。」她忽然笑了。

我也笑，「姐，別開玩笑。他是我岳父呢。」

「他還希望什麼？」於是她又問。

「他還希望他的公司上市。」我說。

「我明白了，明白他為什麼要通過你認識我了。」她忽然歎息。

我不語。

「我很佩服他。」她又忽然地說了一句。

「你佩服他什麼？」我詫異地問。

「他真能忍。」她說，「這麼長時間了，他竟然不說出他的真實意圖。」

「姐，你可以安排嗎？」我問道。

「既然他這麼能忍，就慢慢來吧。」她淡淡地道。

我只好不再說了，想了想後，問道：「我爸說送他一籃柿子。吃飯的時候放到桌上，同時大喊『上市了！』呵呵！你覺得好笑不好笑？」

「哈哈！你父親很好玩的。」她大笑，一會後又說道：「這個創意倒是不錯。不過，送柿子與林老闆的身分不符。」

「那怎麼辦呢？」我問道。

「你用黃金打造兩隻金柿子送給他，這樣就完美了。」她說道。

我大喜，「好辦法！」

常育同意父親的創意，但卻提出了用黃金打造的主意，我覺得這種差異在於父親和她之間消費觀上的不一樣。父親一生清廉，粗茶淡飯。常育卻掌管權力，錦衣玉食。

常育同意父親的創意，這說明他們兩個人有著同樣豐富的社會經驗，對於處理各種人情世故，有著獨特的見解，說到底，這是一種人生閱歷。

而我缺乏的，恰恰就是這種人生閱歷。

大年三十的晚上，林易、施燕妮和我們一家人過團圓年。席間，我把裝有兩個黃金柿子的漂亮木盒端到桌上，給林易拜年。

當我打開禮物，同時說：「林叔叔、施阿姨，我給你們拜年！祝你們的公司早日上市！」之後，林易頓時高興極了，連聲說道：「這禮物好，這禮物好！」

可是，當林易他們離開後，父親卻對我說了一句：「馮笑，你同學送我的禮物是黃金的，你送你岳父的禮物也是黃金的，難道你們真是富得只剩下黃金了？」

我急忙地道：「爸，我還不是按照您的主意辦的？不過，他畢竟是大老闆，我又是他的女婿，是晚輩，一籃柿子實在拿不出手。」

父親卻淡淡說了一句：「據我所知，凡是全民追求奢華的朝代，都不會存在多久。」

直到父親離開後我才發現，康得茂送給他和母親的禮物，被留在了我家裏。

這一夜，父親、母親和我一起看電視到凌晨，新的一年開始了。

然而，讓我想不到的是，就在父親提議早點休息的時候，我卻忽然接到了蘇華的電話，「馮笑，我已經上火車了，明天一大早就到。」

「怎麼啦？出什麼事了？」我問道。

「本想忍聲吞氣在家裏待到過年之後，但是，我實在受不了他們的嘮叨了，氣死我了。」她說，隨即「嗚嗚」地哭了起來。

「肯定是你自己要去和你父母爭吵。不然的話，怎麼可能？」我說。

我知道她的性格，估計她把矛盾激化了的。

「馮笑，你怎麼也不理解我呢？難道非得要我去死了，你們大家才高興？」她在電話裏大聲地說。

我頓時大驚，「蘇華，你別這樣胡思亂想了。好，我理解你。你告訴我，火車什麼時候到？我開車來接你。」

「早上五點半。」她說。

我一怔，隨即道：「好吧，我準時來接你。」

放下電話後，才發現父母都在詫異地看著我。

蘇華在火車站外面冷得直跺腳，因為我遲到了幾分鐘。

「對不起，起床晚了點。」我歉意地對她道。

「沒事，不好意思，大年初一還讓你這麼早來接我。主要是我不知道你住在什麼地方。還有，我擔心這麼早不安全。」她說，上車後，猛然將她的手插進了我的頸子裏。

我頓時感到她的手像冰團似的，冷到我的骨髓裏了。

我全身都被她的手激起了一層雞皮疙瘩，於是，我急忙掙脫了她，「我開了空調的，你把手放到通風口吧。」

「馮笑，你不喜歡我這樣？」她問我道。

「蘇華，你知道嗎？讓你去照顧陳圓，這件事在我心裏本來是有顧慮的。我們不能再像以前那樣了，不然，我無法面對陳圓，更無法面對她的父母。」我說。

「明白了，你只是把我當成你請來的保姆。」她一怔之後，低聲地說了一句。

她的話讓我感到有些愧意和尷尬，於是急忙說道：「蘇華，我理解你現在的心境。不過，請你記住，我絕沒有把你當成保姆的意思，是我需要你的幫助。我說過，今後我會想辦法給你另外安排一份工作的，讓你繼續當醫生。你知道的，專業的東西，即使短時間不用也會全丟掉的，所以，我才想到讓你暫時做這份工作。」

「謝謝。」她說道，「而且，你給的待遇還不低。」

我搖頭，「陳圓的父親講了，你以前的工資待遇會繼續給你，你仍然是他公司的員工。當然，我們之間的約定也一樣生效。蘇華，我倒是覺得，你現在可以趁這個機會多看看書，今年去考博士什麼的，不是更好嗎？」

「我好好想想。」她說道。

我頓時笑了起來，「還想什麼啊？就這麼決定了。」

「我要考也要考外省的。我想離開這座城市。」她說。

「可以啊，你的成績應該沒問題的。」我鼓勵她道。

「好吧，我決定了。馮笑，謝謝你。」她說。

我心裏很高興，因為我知道，只要她有了信心，那麼，後面的一切都不會有什麼問題了。她這個人在專業上應該還是比較出眾的，只是有時候太馬虎了些。

看來，今天來接她很值得，至少解決了好幾個問題。而這些問題都是我曾經最顧慮的。

家裏的房間有限，於是我安排蘇華暫時和阿珠住在一起。目前，只有書房是空著的，但我覺得書房是大家看書的地方，不好安排誰住宿。

蘇華很不錯，她一到我家裏，就先去看陳圓的病歷，然後還檢查了一遍她的基本情況。

「沒有褥瘡，這是最重要的。」她說。

我點頭道：「是，現在我母親天天給她擦拭身體，還用了爽身粉。」

「我知道了，今後我會每天替她做這些事情的。不過馮笑，我看了她的治療用藥，還要使用營養液，這很花錢的啊，長期下去怎麼得了？」她說，「這樣吧，我的工資不要了，你就管我吃飯就是。」

我有些感動，搖頭道：「沒關係的，她父母那麼有錢，不在乎這點費用的。而且，我自己也還可以支撐起這筆費用。」

「我覺得自己很不幸，現在發現，陳圓比我更不幸。唉！」她長長地歎息了一聲。

「話也不能這樣說。」我說道，「一個人只要有朋友，就是最幸福的了。所以，我希望你能振作起來，不要讓我們大家失望。」

她頓時笑了起來，「馮笑，想不到，你竟然可以說出這麼有水準的話來，真像我的老師一樣了。」

我也覺得自己剛才的話太像長輩的口氣了，隨即也笑了起來，「我是想到了這些，就直接說出來了。」

「看來，你最近和領導接觸的時間比較多，耳濡目染成了自然。」她笑道。

當天晚上，我親自做了頓飯。過春節就是這點好，香腸臘肉什麼的就可以湊好幾樣菜了。不過，這陣子大家天天都在吃肉，所以，我特地做了些素菜。結果，這些素菜被大家一搶而光。

「你不要得意，不是你做的味道好，是大家都想吃菜了。」蘇華看著我得意洋洋的樣子說道。

大家頓時大笑起來。

吃完晚飯後，父親對我說：「我們兩個人出去走走。」

我估計他可能是有什麼話要對我講，於是便跟著他出了家門。

「明天，我和你媽準備回去了。」這是父親對我說的第一句話。

我大吃一驚，「為什麼？明天才初二啊？隨便怎麼也得大年十五後再回去啊。」

「你現在的狀況，我們看在心裏，心痛但卻又毫無辦法。當然，我們可以替你照顧孩子，也可以替你照顧陳圓，即使讓我們提前退休也行。但是，我們想了一下，覺得你現在這樣的安排最好。畢竟我們不是專業性的。馮笑，你不知道，最近幾天，你媽媽偷偷哭了多少次了，她說你太苦了。雖然你現在不缺錢花，但你是人啊，一個有血有肉的男人啊。陳圓這麼可憐，還為你生了個兒子，我們總不能勸你放棄她吧？所以，為了不影響你今後的生活，我們還是決定早些回去。免得你一方面要照顧陳圓和孩子，一方面還要隨時想到我們在這裏的生活。現在你孩子還小，我們那裏的醫療條件很有限，所以，我們希望你在孩子一歲後再把他送回來吧，到時候，我們幫你把孩子帶大。」父親說。

「爸，您過慮了，你們在這裏住下去的話沒什麼的。我還有兩套房子，趙夢蕾留下了一套，還有一套別墅。趙夢蕾那套房子我無權利賣掉它，但您和媽媽去住的話，應該是可以的，或者你們去住別墅也行。如果你們覺得寂寞的話，我讓阿珠和你們一起住，反正她現在也不想回家。」我勸父親道。

「她不想回家？不可能一直在你家裏住下去吧？」父親詫異地問我道。

「我勸過她，但她說，她害怕住在自己家裏。想起來也是，那裏畢竟到處都充滿著她父母的氣息，她肯定會睹物思人的。」我歎息著說。

「可是，她畢竟是女人，今後你家裏住這麼幾個女人，別人知道了，影響多不好啊。你想過這個問題沒有？」父親說。

「是啊，」我點頭道，「我也想過這個問題。不過，今後保姆在，蘇華也在，這樣的話，反而好些。」

父親看著我，「我明白你的意思了，這樣也行。不過，你這裏還是太擠了些。」

「我考慮年後搬到別墅那邊去住，那邊剛剛裝修好。如果您和媽媽不回去的話，你們和阿珠去住那邊也行，順便幫我帶孩子，陳圓和我就住這邊。這樣的話，就不影響了。您和媽媽留在這裏，我要去看你們也方便。」我說。

「以後再說吧，等我們退休了再來。」父親說。

「爸，您怎麼這麼好強呢？您那個班有什麼好上的啊？早點退休吧。」我說，忽然有些激動起來。

「即使要搬到省城來，家裏的很多事情總得先處理吧？我們回去後再說。馮笑，說實話，我們有些不大習慣你現在的生活。你們過得太奢華了，我總有一種膽戰心驚的感覺。」父親歎息道，「可能是我太落伍了，已經不習慣你們這一代人的生活方式了。」

我不再說什麼，心裏卻想道：也許他們也需要時間，去適應現代社會的這種生活方式。

第二天一大早，我送父親到火車站。

火車站人山人海，每一個角落裏都有人佔據著。這裏還有很多孩子。當然，孩子們都是被自己的父母帶著。我可以從這些人的眼神裏看到一種悲哀和無奈。

我有些不明白了：何苦要這樣呢？大年初二還在火車站待著，與其如此，還不如就和一家人好好過年。

父親看著車站裏面的人，也開始難受起來。

他離開的時候對我說了一句話：「馮笑，當你們過著錦衣玉食生活的時候，想想這些人。」

我不禁苦笑，覺得父親有時候也太「左」了些。我是醫生，只要我能夠在遇到病人的時候，儘量減少她們的醫療費，儘量提高對她們的醫治品質，這就是我最大的貢獻了。而社會生活方面的事情，還是應該由我們推選出的官員來考慮和安排。

起碼我是納稅人，我也看過自己的稅單，每個月交的稅可不少呢。

送走了父母，我發現自己竟然有了一種輕鬆的感覺。雖然明知道自己不該有這樣的感覺，但它卻真實地出現在我的身上。

我心想：或許父親是對的，在他們面前，我總是要做出一副完美的樣子給他們看，這其實是很累的。而父親可能發現了我的累，所以才決定早一點離開。

回到家的時候，蘇華正在給陳圓揩拭身體，她做得很細心。

「馮笑，我現在才感覺到，當護士真的很累。」她笑著對我說。

「辛苦你了。」我感激地對她說道，「我來吧，你去準備輸液的藥品。」

「不用，我是你請來的。」她笑著對我說，隨即又低聲對我說了一句：「想起以前我們做的事情，我覺得自己對她很愧疚。」

我急忙制止她，「蘇華，她可能聽得見。」

「怎麼可能呢？她是腦損傷，不是其他原因造成的昏迷。」她說。

「我覺得她應該聽得見，因為我相信她會醒來。」我認真地說道。

她歎息，「但願吧。」

我即刻正色道：「不是但願。蘇華，我希望你和我一樣，隨時要給她灌輸一個資訊：她能夠醒過來，一定能夠醒過來。你是醫生，知道這種暗示很重要。」

她頓時不語。

晚上吃完飯，我們三個人一起看電視。

蘇華忽然說了一句：「要是還有一個人就好了，我們可以打麻將。」

我頓時大笑了起來，「蘇華，看書吧，打什麼麻將啊？」

「你要看書，阿珠要上網，就一個書房，怎麼夠呢？」蘇華說。

「如果你下決心要考博士的話，我把書房讓給你。我相信阿珠也會同意的。」我說。

「蘇華姐要考博士？好啊，我支持你。」阿珠說。

「你們這樣，讓我感到壓力好大啊，萬一考不上怎麼辦？」蘇華苦笑道。

「很簡單，考不上就懲罰你，讓你請我們吃海鮮。」我笑著說，隨即去看著阿珠。我知道她肯定會同意我這個方案，因為她最喜歡吃海鮮。

果然，阿珠也說道：「我要吃鮑魚，還要喝洋酒。」

「天啊，那我豈不是要破產了？」蘇華驚叫了起來。

我們大笑。

我知道，蘇華需要的不僅僅是信心，更需要壓力。

「那我從明天開始看書。」蘇華隨後說道。

「你不要明天明天的，明天的故事我和阿珠都聽過。」我笑著提醒她道。

「不會，就是明天。」她信誓旦旦地道。

可是，第二天她卻反悔了。因為莊晴來了。

莊晴是大年初三到達省城，她沒有讓我去接她。她說她剛剛下車，問了我家的地址，直接搭車到我家裏來。

「我想來看看陳圓，然後去住酒店，明天就回北京。主要是不想給你添麻煩。」她最後這樣對我說。

「你要下樓來接我。我父親把那頭肥豬殺了，說給你帶點沒用飼料餵的豬肉來，還給你拿了兩隻雞。你不知道，這一路上把我給累壞了，幸好請了人幫忙。春節期間請人太貴了，搬一次得五十塊錢，這豬肉變成老虎肉的價格了。」她大笑著說。

我不禁苦笑。

第二章

人的本性

人的欲望總是難以滿足，
如果一個人過著天天吃肉的生活，一旦某一天發現，
必須得隔一天才能吃上肉的話，就覺得很不平衡了。
這其實是人的本性，這種本性就是貪婪。

莊晴半小時後就到了。

阿珠說：「走吧，我去幫你拿東西，我想馬上看到那個小護士。」

「我也去。」蘇華說。

「你們留一個人在家裏，孩子和陳圓沒人看呢。」我說。

「你留在家裏吧，我和阿珠下去。」蘇華笑著對我說。

「你們拿不動那麼多東西。」我急忙地道。

「你是擔心我們兩個欺負她是不是？」阿珠問道。

我更加尷尬起來，「你說什麼啊？」

「那你就在家裏待著，我和蘇華姐下去。你放心，我們不會欺負她的。」阿珠說道，隨即大笑著和蘇華出門而去。

我本來想追出去的，但是想到孩子和陳圓在家裏，我不敢離開片刻。於是，只好坐在沙發上不住歎息。

她們下去二十分鐘了還沒回來。我很是著急，幾次想打電話問問情況，但卻又不想讓她們笑話我，只好著急地在客廳裏面踱步。

她們不會發生了什麼吧？吵架？我心裏惶惶不安。

終於，我聽到外邊傳來了笑聲，莊晴的笑聲。

我急忙出門去看……我駭然地看見，莊晴竟然和蘇華手挽手地出現在外邊。她們兩個人的後面是阿珠，阿珠的後面則是幫忙扛東西的工人。

我很是驚訝：怎麼會這樣？這女人啊，我真的搞不懂！

「馮笑，你這裏成了美女窩了。」莊晴看到我的第一眼就如此對我說道。

我尷尬地笑，「這不？又來了一位。」

「等急了吧？是不是擔心我和阿珠欺負莊晴啊？」蘇華笑著問我道。

我笑道：「你們欺負她？誰被誰欺負還不一定呢。」

莊晴瞪了我一眼，「馮笑，你什麼意思？難道我是母老虎不成？」

我急忙地道：「你們都是母老虎，我是小綿羊，這下可以了吧？」

挑東西上來的工人頓時咧嘴笑了起來。

我急忙請他把東西放下，隨即問莊晴：「這麼多東西？還有什麼？」

「還有米、綠豆什麼的。你不知道，一路上累死我了。特別是那兩隻雞，還是我跑到鎮上去殺了帶走的。沒辦法，我爸爸……」她說到這裏，我急忙給了她一個眼色，她頓時醒悟過來，「我爸爸說我一個人在北京生活艱苦，非得要我帶到北京去。你們想想，把這些東西帶到北京去，成什麼了？」

「肯定會以為你是小商販。」阿珠說。

「才不會呢，哪有這麼傻的小商販？」莊晴笑道。

「應該是，哪有這麼傻卻又這麼漂亮的小商販？」蘇華說。

我和阿珠都大笑。

「老闆，你這些東西好重哦。」那位工人這時候在旁邊說道。

我問莊晴，「是你從車站叫過來的嗎？」

莊晴搖頭道：「不是，就在樓下叫的。」她隨即去對工人說道：「幾步路，還坐的是電梯，叫什麼叫啊？」

我急忙掏出一百塊錢來遞給他，「夠了吧？」

工人大喜，「謝謝老闆，謝謝老闆。」轉身跑了。

「馮笑，你給得太多了。」莊晴跺腳說。

「莊晴，想想你的哥哥和父親吧，他們掙錢多麼不容易啊。這個人在過年期間都還在工作，肯定是有什麼困難才會這樣。」我說。

「馮笑，我覺得莊晴是對的。」蘇華說。

我詫異地問她道：「難道我反倒還錯了？」

「馮笑，你想過沒有？你給了他一百元錢，可過年期間，一般最多也就三十塊吧。這樣一來，你就抬高了工人的價格。你無所謂，因為你有錢，不在乎多給幾十塊錢。但是，價格一旦被你抬起來了，其他需要搬運東西的人可就麻煩了。其他人並不都和你一樣有錢啊。假如說是某個商場搬運東西，這運輸成本增加了，商家只好把商品的價格提高，然後，遭殃的就是普通消費者了。」蘇華說。

我搖頭道：「你說的聽起來好像有道理，但是我相信，這個工人不會對其他人也要求這個價格的。剛才你們都看到了，他跑得飛快，這是擔心我變卦呢。」

「對，他不可能去要別人這麼多錢，但肯定會把他的心理價格漲到五十塊左右。這樣一傳十、十傳百，很快，這個城市的工人價格就會起來的。」蘇華說。

我頓時不語。

莊晴道：「我倒是沒想到這麼多，只是覺得該多少就是多少。」

我心想：這樣說來，我也不該給你父親和你哥哥那麼多錢了？

阿珠說：「好了，我們先來處理這些豬肉吧。這麼多，怎麼辦啊？」

蘇華頓時笑了起來，「對，這才是當務之急。我看這樣，一部分先放冰箱，剩下的用醬油泡著，過幾天掛到窗外晾乾，味道一定很不錯的。再留出一塊來，骨頭燉湯，肥肉熬油，瘦肉炒來吃。今天晚上，我們好好喝酒。」

「肥肉和瘦肉煮熟了，可以做蒜泥白肉，很好吃的。」阿珠說。

我看著蘇華問道：「你不是說從今天開始看書嗎？喝了酒怎麼看書？」

「今天莊晴來了，我很高興，當然得陪她喝酒啦。看書嘛，今後時間多得是。」蘇華說。

阿珠也說道：「就是呀，我第一次見到莊晴，怎麼也得陪她喝酒才是。」

我去看著莊晴問道：「莊晴，你給了她們倆什麼好處？怎麼都要陪你喝酒？」

「我們女人的事情你不懂，你也別問。」莊晴笑著說。

「對，你別問。」蘇華笑道。

「問了我們也不會告訴你。」阿珠大笑著說。

我百思不得其解，嘴裏喃喃地道：「奇怪！」

「奇怪什麼？去做飯。」莊晴瞪了我一眼後說道。

我苦笑著，搖頭去到了廚房。

外面她們三個人猛然大笑了起來。

晚上多了排骨蘿蔔湯和蒜泥白肉。還別說，莊晴拿來的豬肉，味道真的很不錯，糯糯的，很香。這樣的豬肉，在城市裏很難吃到了。

莊晴住下來了。

我白天去了醫院一趟。這是沒辦法的事情，因為假日期間，科室幾乎處於無人管理的狀態，而我的職責卻是不能讓科室出任何問題。

春節期間的病房更冷清了，值班的醫生和護士倒是會想辦法，她們在值班室點上電爐，然後煮上一鍋臘肉，一邊烤火一邊聊天，偶爾去看看病人。

我到科室的時候，是上午十點過，臘肉的香味飄散在整個病房裏。值班醫生和護士都熱情地邀請我去嘗一下她們煮的美味，我當然不會拒絕。要知道，這可是瞭解科室情況的好機會。

「馮主任，聽說這個月彩超收費都已經超過十萬了。這才多久啊？而且還是春節，真的是太感謝你了。今後，我們科室的收入會大幅度增加的。」值班護士對我說。

「一定會的。」我笑著說，「前幾天，我和章院長他們一起吃了飯，把科室未來的發展向他們作了彙報。我的想法是，年後，我們再開展幾項新的檢查項目，這樣一來的話，大家的收入就更可觀了，而且，還可以防備彩超項目被醫院收回去的可能。」

「不會吧？醫院既然答應了我們，肯定不會隨便收回去的。」值班醫生說。

「醫院領導現在答應了，但並不表示他們永遠都會執行這樣的政策。現在，我們科室是全院最早開始自行開展檢查項目的單位，如果醫院其他科室紛紛效仿的話，醫院肯定會陷入混亂，醫院領導必定會改變政策。

「我們畢竟是三甲醫院，是教學醫院，像這樣大型的檢查專案，遲早會被收回去進行統一管理的。我們不過是在趁醫院還沒有醒悟過來之前，先期進行了一步罷了。這就如同改革開放前期，在國家政策剛剛出台的時候，一部分人首先看到了商機，就挖到了第一桶金。」我解釋說。

「那我們今後豈不是沒有創收項目了？」她們問。

「上次我不是講過嗎？即使醫院收回我們的彩超項目也無所謂，至少醫院會把我們購買設備的成本給我們吧？那時候，我們每個人早已賺了不少的錢了。而且，醫院為了補償我們，肯定是不會收回其他小型檢查項目的。」我肯定地說。

「那豈不是會減少很多收入了？」護士問道。

我在心裏歎息：人的欲望總是難以滿足，如果一個人過著天天吃肉的生活，一旦某一天發現，必須得隔一天才能吃上肉的話，就覺得很不平衡了。這其實是人的本性，這種本性就是貪婪。

「小白菜好賣呢，還是豬肉好賣？」我笑著問她道。

「馮主任，我沒明白你的意思。」護士真夠笨的。

我笑道：「很簡單，彩超的檢查費用畢竟很昂貴，不可能做到讓每個病人都去做那樣的檢查。小型檢查項目就不一樣了，也就是幾十塊錢的事情，醫生讓每一個病人都去檢查的話，病人也不會有什麼意見的，總量一樣可以上去。當然，單一的檢查項目收費肯定不如彩超。不過，我們可以多開展幾樣項目啊？」

「馮主任，你考慮得真長遠。」她們頓時高興起來。

「春節後吧，春節後我們抓緊時間確定新的項目，一旦醫院領導同意了，就馬上採購設備。」我說。

「馮主任，其實呢，項目和設備你自己決定就行了，沒必要徵求我們每一個人的意見。人多嘴雜，如果意見統一不起來的話，反而誤事。大家都知道你有錢，不會貪圖那麼點回扣。」值班醫生說。

我笑道：「那可不行，至少我得和大家通通氣才可以。俗話說，眾口鑠金，我可不希望別人在我背後說我的閒話。」

「馮主任，你剛才說，你和章院長他們一起吃飯的事情，是你私人請客吧？」值班醫生忽然問我道。

我點頭，「春節前的事情，我主要是想和他們溝通一下科室的事情。」

「這樣的費用，科室應該報賬的，不能讓你一個人掏錢。」她說。

我笑道：「那倒不用，沒有花費多少。」

「不會少的。我老公年前也是請他單位的領導們吃飯，一頓飯下來，加上紅包什麼的，至少也得上萬。」她說道。

「別說這件事情了，有些賬不能這樣算。我想，能夠給科室的每個人創造一些福利，讓大家工作得更快樂，我的目的就達到了。呵呵！不是我這個人有多高尚，而是我覺得，大家都太不容易了，我也是充分利用政策和我們的資源罷了。其實，都是大家自己在掙錢。」我笑著說。

正說著，我的電話響了起來，「馮笑，不是安排了你煮飯的嗎？怎麼還不回來？」是蘇華打來的。

「好，馬上啊。」我這才想起昨天晚上她的分工來，於是，向兩位值班人員祝福後，離開了科室。

沒有想到，在醫院大廳裏面碰上了章院長。

我有些詫異，「章院長，您怎麼也在？」

「大家都休息的時候，我們反倒休息不了。你不也是不放心科室嗎？這麼大個醫院，我更不放心啊。」他笑著說。

我頓時明白了，隨即點頭道：「這倒是，當老闆真不容易。」

他頓時笑了起來，「你不也一樣的嗎？還別說，我才去看了一圈，發現大多數科室的負責人都在呢。正說去婦產科看看，結果碰上了你。看來，大家都很自覺地在管理自己的科室。很不錯。」

「主要還是您領導得好。」我奉承道。

「小馮，我們之間就不要這麼客氣了。對了，莊晴回來了沒有？」他忽然問我道。

我猛然想起他曾經對我說過的事情來，頓時猶豫著，不知道該如何回答他了。

我猶豫的時間不到一秒鐘，就被他給看出來了。

我心如電轉，即刻回答道：「她回鄉下去了。我在機場接到她後，就直接送她去了長途車站。章院長，這樣，我打電話問問她什麼時候回來，看她接下來準備在省城待多久，再通知您，可以嗎？」

我心裏很奇怪：他為什麼非得要見她呢？要知道，他可是醫院的院長，以前的事情早已經過去，從安全的角度來講，早已度過危險期了，他這樣做，豈不是自找麻煩嗎？

當然，我現在最需要做的是馬上悄悄去問莊晴。

我知道，莊晴是不會答應的。

不過，我剛才對章院長的回答已經留有了充分的餘地。

他點頭，「小馮，麻煩你告訴她，就說我很想見見她，有很重要的事情想對她說，請她務必安排時間和我見一次面。」

我回答說：「章院長，我一定把您的話轉達給她。」

「還有件事情，小馮，這樣吧，你跟我去一趟我辦公室，有件事情，我想徵求一下你的意見。」他接下來說。

我當然只好跟著他去了。

到了他的辦公室後，他請我坐下，還給我泡了一杯茶。

接下來，他對我說道：「小馮，前幾天我們醫院的領導去給學校領導拜年的時候，學校那邊的領導特地向我瞭解了你的情況。學校的黨委書記讓我來問問你，是否願意去學校那邊擔任某個處的處長職務。」

我猛然想起黃省長請客的事情起來，心想：看來真如康得茂所說的那樣啊。

雖然心裏早有準備，但在忽然聽到這個消息的時候，我還是大吃了一驚，而且很猶豫，「章院長，我還是想搞臨床。」

他頓時笑了起來，「你想搞臨床，不影響啊？婦產科的副主任你還是兼著，這邊的門診，你還繼續上。學校那邊的工作並不複雜，按部就班就是了。」

我搖頭道：「章院長，我家裏的情況不允許啊。我老婆昏迷在床，孩子還那麼小，工作上的事情太多了，我肯定照顧不過來。抱歉啊章院長，辜負了領導對我的期望。」

「這樣啊……」他輕輕地敲著他的辦公桌，「小馮，太可惜了，這可是不錯的一次機會。你這麼年輕，到學校那邊當幾年處長，再上一步很容易的。」

「我也是沒辦法啊。」我說，心裏卻在想：那樣的工作有什麼意思？

「這樣吧，我給學校那邊彙報了再說吧。」他搖頭歎息著說，「可惜了，多好的機會啊。」

我回到家的時候，已經過了中午十二點了。

她們都在責怪我，「等你回來做飯，我們早被餓死了。」

我心裏有事，也不好解釋什麼，急忙將莊晴拉到一個房間裏面，「莊晴，問你一件事情。」

沒想到，莊晴聽了竟然沒有生氣，她顯得出奇的平靜。不過，她越是這樣，我反倒更加擔心起來，「莊晴，你沒什麼吧？我到時候告訴他，就說沒有和你聯繫上。」

「馮笑，我自己和他聯繫，沒什麼。」她卻淡淡地說了一句。

這下，我反倒吃驚了，「莊晴，你沒什麼吧？」

「我反倒好奇了，想看看他究竟要幹什麼。」她朝我笑了笑。

「莊晴，你可一定要注意啊，現在可是你最關鍵的時期，千萬不要搞出什麼事情來。」我提醒她道。

她看了我一眼，「馮笑，既然你替他給我傳了話，我當然得回應他才是。你說是嗎？」

這下，我反倒慚愧起來，「莊晴，他當面來問我，我也不好說什麼不是？畢竟他是我的領導。」

「所以，我才決定去見見他啊。想看看他究竟搞什麼名堂。這樣也好，免得他今後又來找你。有些事情總是要解決的啊，不然的話，會沒完沒了的。」

她苦笑著說，「好了，我們出去吃飯吧，她們都等著呢。」

莊晴吃完了午飯後就出去了，我心裏忐忑著，覺得很不安。

一直到下午四點過，才接到了她的電話，「晚上一起吃頓飯吧，他說的。」

我當然知道她說的「他」指的是誰，頓時為難起來，「我就不來了，我覺得不大好。」

「那算了，我也回來了。」她說。

幾分鐘後，我就接到了章院長的電話，「小馮，晚上一起吃頓飯吧，趁莊晴在。」

「章院長，按道理說，您叫我，我必須來的。但是，我家裏這一攤子事情擺著，我實在離不開。」我客氣地道。

「我安排一個護士去你家照顧一下，你還是出來吧。」他卻這樣說道。

這下，我不好拒絕了，急忙地道：「那倒不用，我安排一下吧。您說，在什麼地方？」

他隨即告訴了我。那是一家五星級酒店。

一小時後，我開車出門。

蘇華和阿珠很不高興。

「莊晴一來你就魂不守舍的。」蘇華不滿地對我說。

「是章院長叫吃飯，我有什麼辦法？」我歉意地道。

「他倒是應該感謝你，因為你照顧了他侄女嘛。」蘇華說，很鄙夷的語氣。

我唯有苦笑。

阿珠在使小孩子脾氣，她轉身回到她的房間裏去了。

到了吃飯的那家酒店時，我發現莊晴在大廳裏等我，我急忙朝她走了過去。

「什麼情況？」我問她道。

「沒什麼，就和我說說話。」她說，「然後，晚上一起吃頓飯。」

「就我們三個人？」我問道，心裏忽然覺得有些不安起來。

「好像還有一個什麼人，他接那個人去了。」她說。

「他搞什麼名堂？」我喃喃地道，心裏疑惑不已。

「來了。」她忽然低聲地對我說道。

我急忙朝酒店外看去，發現章院長和一位年輕女孩走了進來。

「這是馮醫生，這是你莊晴姐。」章院長和女孩來到我們跟前，他介紹說。

女孩的個子很高，接近一米七的樣子，漂亮得讓人不敢直視。

「這是我女兒，剛從國外回來，她叫章詩語。」章院長隨即又介紹道。

莊晴朝那女孩笑了笑，「我看過你的照片，想不到你比照片上更漂亮。」

「我也聽爸爸說起過你。莊晴姐，這位馮先生是你丈夫吧？」女孩問道。

我猛然怔住了，隨即便尷尬了起來，「不，不是的。」

章院長大笑，「詩語，你怎麼這樣認為呢？」

「我覺得他們倆很般配。」章詩語說。

莊晴笑道：「我可沒有這樣的福分。」

現在，我心裏完全吃驚了：這是怎麼啦？莊晴好像並不生氣的樣子，而且，章院長竟然還帶了他女兒來。

究竟怎麼一回事？

不過，當我們坐下後，即刻就明白是怎麼一回事情了。

「小馮，上次我和林老闆談過一件事情，但是到現在他都沒給我回話。所以，今天我想請你抽空再去給他講一下。」章院長點完菜後，隨即對我說道。

我詫異地問：「什麼事情？」

「我知道，莊晴在北京的發展是林老闆幫的忙，詩語也想去娛樂圈發展，所以，想請他幫幫忙。」他說。

我沒有想到，竟然是這樣一件事情。

他女兒此刻正在朝我笑，「我在國外學的是話劇。」

「莊晴，你看這次你回北京的時候，能不能給你導演也說說。還需要費用的話，你給我講一聲就是了。」章院長隨即又對莊晴說道。

我頓時明白了：下午章院長給了莊晴一筆錢。不然的話，怎麼會說還需要費用？

忽然想起，上次章院長離開後林易對我說的那句話：這個人有些意思。

我想：他肯定不是直接對林易提出要求，一定還有其他的什麼，比如交換條件什麼的。

莊晴沒有說話。

想了想後，我說道：「章院長，娛樂圈魚目混珠，裏面很複雜，我覺得詩語還是不要去的好。她在國外學話劇，回國後，到一家文藝單位工作不是很好嗎？」

「我也是這樣想的。可是，她本人想去奮鬥一下啊。」章院長歎息著說。

章詩語看了我一眼，「馮醫生，你這麼年輕，怎麼變得和我老爸一樣保守啊？現在國內的娛樂圈很好混的，我自身條件也不錯，所以很想去試試。不過，我知道國內都是要靠關係的，有人引薦很重要。」

「我會跟我們導演講的，不過，他答應不答應，我就不知道了。」莊晴忽然說道。

「所以還需要林老闆出面啊。小馮，麻煩你問問他好不好？」章院長說。

我見莊晴都這樣說了，也就只好應承了下來。

不過，我依然困惑：莊晴怎麼會答應呢？難道為了錢，她什麼都願意去做了？

這頓飯吃得很快，因為在說完這件事情後，大家都沒有什麼可說的了。

章院長和我閒聊起醫院的事情來，我也趁機再把科室的事情對他講了一遍。

「應該沒問題，年後你報上來吧。」他說。

單純從這件事情來講，我覺得今天這頓飯還是吃得很有值得的。所以，我悄悄去結了賬。

章院長卻批評了我，「小馮，今天可是我請客，你幹嗎去結賬？」

「您是我的領導，結賬的事情，哪裏需要您管呢？」我笑著說。

「我知道你有錢，但是，我可以處理的。小馮，你這麼會處事，不去搞行政太可惜了。」他歎息道。

「小事情。」我笑著說，「理由我已經給您說清楚了。對了，今天您說的這件事情，我最近兩天去問問林叔叔。」

他詫異地看著我，「你怎麼這樣稱呼你岳父？」

我苦笑，「他讓我這樣叫他的，以前我還叫他大哥呢。」

他大笑。

章詩語詫異地問：「你以前真的這樣稱呼你岳父？」

我點頭，「是啊，那時候我和他剛剛認識。」

她頓時「咯咯」嬌笑起來，「想不到，你挺好玩的。」

「莊晴，你住什麼地方？我送你。」出了酒店後，我故意在章院長面前這樣問莊晴道。

她倒是很配合我，「維多利亞大酒店。」

章院長說：「小馮，那你送送她。」

上車後，莊晴看著我笑。

我隨即問她：「為什麼？」

「什麼為什麼？」她歪著頭來問我道。

「你原諒他了？」我問。

「我想好了，這樣也好。他下午給了我一張卡，上面有二十萬塊錢。雖然他沒有明說，但我知道，他這是為了補償他當年對我的侵犯，不要白不要。」她說。

「他是讓你幫他女兒好不好？」我說。

「馮笑，你必須幫我一個忙。」她卻忽然道。

「說吧。」我詫異地看了她一眼，覺得她今天好像不大對勁。

「你把他的女兒拿下。」她的聲音忽然變得冷冷的。

我愕然地看著她，「莊晴，你這是什麼意思呢？」

「當年他欺負了我，我要讓他的女兒也被人欺負一回。她不是想進娛樂圈嗎？好啊，娛樂圈是那麼好進的？我可以把她介紹給我的導演，沒問題，只要她願意付出。」她冷冷地說。

我再次愕然，一會兒後才對她說道：

「莊晴，這樣不好吧？畢竟章詩語沒有傷害過你啊。還有，你把她介紹給你的導演，這可能對你今後的前途有影響的。我的意思你應該明白。我想，我那岳父一直沒有答應他，可能也是出於這樣的考慮。」

她一怔，隨即低聲地道：「我也知道，但是想起他當年那樣對我，我心裏就很憤怒。現在機會來了，你說我怎麼可能放棄這個報復的機會呢？」

「章院長給你那筆錢的目的，也是擔心你報復呢，這很明顯的道理嘛。」我說，實際上是在勸她，「莊晴，算了，事情都過去這麼多年了，何必呢？再說你現在和以前不一樣了，如果你現在拍的這部電視劇紅了的話，今後就會有很多人關注你了。這樣的事情最好不要再擴大了。你應該知道，現在的狗仔隊可不是一般的厲害。所以，我覺得你還是不要節外生枝的好。」

「你也知道狗仔隊？」她詫異地問我道。

我笑著說：「自從你到北京後，我就很注意娛樂圈方面的新聞了。」

「馮笑，你真好。」她低聲地道，隨即來問我：「你的意思是說，他給我錢，並不是真要我把他女兒介紹給我那導演？」

我點頭，「我覺得是這樣。當然，如果你介紹了，你導演也答應了，那豈不是更好？」

「他女兒那麼漂亮，對我確實是一個很大的威脅。那麼，你會去找林老闆嗎？」她問。

我搖頭，「不知道。不過，我已經答應他了，這件事情我問了再說吧。」

「馮笑，我對你有個請求。還是我前面說的：如果林老闆答應了幫忙，那你一定要把章詩語拿下。」她卻這樣對我說道。

「你以為我那麼厲害啊？說拿下就拿得下？何況，她父親是我老闆呢。」我哭笑不得。

「我又不是讓你去強姦她，你怕什麼？而且，這樣的情況下，她絕不會告訴她父親的。」她說。

「莊晴，這件事情我不能答應你。」我苦笑著說。

「我可以幫你。」她朝我笑道，「馮笑，難道你就一點都不心動？」

「莊晴，你把我看成什麼人了？」我苦笑。

「馮笑，你說了要送我去酒店的，現在我們就去吧。我想你了。」她說。

我心裏意動不已，「莊晴……」

「走吧，我們去開一間鐘點房。反正現在還早，一會兒就回去，她們不會懷疑的。」她說。

我猶豫著，心裏早已經沸騰起來。

一會兒後，我忽然說道：「我們去我別墅那裏。」

「你買了別墅？」她詫異地問。

我點頭，「我自己賺的錢，才裝修好。」

這一刻，我頓時後悔起來，因為我忽然想起，自己買別墅的那筆錢是來源於公墓那個專案。但是，話已經說出口，莊晴的眼神也已經迷離起來。

「啊！真漂亮！有錢真好啊。」莊晴看著我別墅裏的一切，頓時興奮了起來。

「還可以吧？」我得意地問。

她即刻跑到了樓上，遠處的她在大聲地道：「馮笑，太漂亮了。」一會兒後她又跑了下來，「馮笑，這麼好的地方，你幹嗎要我去你家裏住？」

「這裏誰給你做飯吃啊？你一個人住這裏，也願意？」我笑著問她道。

「只要你願意金屋藏嬌，我願意。」她說，隨即來抱住我的頸部，狠狠在我臉上親了一下。我的雙手頓時抱住了她的纖腰，她即刻發出了一聲迷人的呻吟。

這次我來得有些快，半小時不到就完成了。

她意猶未盡，用迷離的雙眼看著我，說：「馮笑，你怎麼這麼快啊？」

「老了，不行了。」我輕輕拍了拍她的屁股說。

「不是你老了，是你最近做得少了。」她笑道。

我心裏不由得憤憤，「怎麼？你還沒過癮？」

「就是沒過癮，你說吧，怎麼辦？」她看著我，挑釁的眼神。

我苦笑，「算了，我可不行了。我們回去吧，不然，她們會懷疑的。」

「馮笑，你家裏養著兩個美女，不用太可惜了。」她說，隨即從沙發上爬起來去到了洗漱間。

我大笑，「你以為我是鑽井隊的啊？」

「馮笑，我認為她們被你拿下是遲早的事情。一個孤男，兩個寡女，不出事情才怪呢。以前，我們三個人在一起，還不是那樣？」洗漱間裏面傳來了她的聲音。

我頓時怔住了，心裏想道：是啊，這可不行。得想辦法讓阿珠儘快離開我家才是。

第三章

窺探

窺探，是很多人喜歡做的事情，或是潛意識的願望。
但卻沒有人願意被窺探。
佛洛伊德認為人們對別人隱私的窺探，
源於童年的好奇心，來自對自己身世和來歷的探知欲。
童年時被壓抑欲望，往往會發展成一種扭曲變態的原始欲望，
同時會造成一種變態人格。

回到家後，我到臥室打電話給林易。

「什麼事情？家裏還好吧？」林易問我道。

「還好。蘇華已經來了，阿珠負責照看小孩。對了，莊晴也來了，都住在我家裏。」我說，覺得還是把一切都告訴他的好。

「都住在你家裏，我反倒放心了。」他笑道，「有什麼事情啊？」

他的意思我當然明白，不過，我不想和他說這件事情，「章院長今天晚上請我和莊晴去吃飯。他想讓我問問你，關於他女兒的事情。」

「我覺得風險有些大，所以沒有告訴你，也沒有答應他。」他回答說。

我很詫異，「風險？什麼風險？」

「你們醫院在另外一個地方有一塊地，他提議，讓我們公司和你們醫院聯合開發。你們醫院建分院，同時配套一部分員工宿舍，剩下的地搞開發。條件是，我要拿出一部分錢去替他女兒投資影視。」他回答說。

我彷彿明白了，「他的意思是說，你可以不給他回扣，把那筆錢拿去替他女兒投資？」

「是這樣，本來這個專案很不錯，你們醫院畢竟是教學醫院，即使是分院，周邊的住房肯定也很好銷售的。但是，我覺得風險很大，因為醫院裏的事情很容易被曝光。你們吃點藥品回扣也就罷了，那畢竟是行業公開的秘密，但是，這樣的合作項目就不一定了，所以，我很擔心。」他說。

「我明白了，其實他也是在規避風險。」我說。

「是啊，連他自己都害怕的事情，我怎麼敢？我這麼大個公司，那個案子再好，我也覺得不值得去冒風險的。你說是不是？」他笑道。

「確實如此。」我說。

「還有，莊晴目前還沒有出名，再去幫你們院長的女兒的話，也不合適。」他又道。

「可是，他畢竟是我的領導啊？既然他提出來了，如果不去辦的話，也不大好吧？」我說。

「他女兒的照片我看過，倒是很漂亮，就是不知道是不是一個花瓶。這樣吧，我可以先替她聯繫一下，去做做平面廣告什麼的。我們公司最近準備做一些廣告，請她當一下代言人倒是不錯。」他說。

「最好等一等，等莊晴拍攝的電視劇播出後，讓莊晴代言最好。一方面莊晴也還了你人情，另一方面，也順便讓她儘快出名。章院長的女兒現在啥也不是，代什麼言啊？」我即刻說道。

「有道理。呵呵！馮笑，幸好我不是陳圓的親生父親，不然的話，我可對你要有意見啦。」他大笑著說。

我不禁汗顏。

「最近倒是有一個機會。」他隨即又道。

「你說說。」我急忙地道。

「最近全國馬上要舉辦小品大賽，同時還有歌手大賽，目前正在報名。章院長的女兒唱歌怎麼樣我不知道，不過，她表演小品應該可以吧？」他說。

「全國性的比賽，能獲獎的畢竟是少數。」我說。

「都是需要運作的。只要給贊助，獲獎的事情就不是什麼大事。」他說，「對了，還有我們江南省馬上要搞一個江南之星選拔賽，這更好辦。」他說。

「你是不是要贊助這個比賽？我說的是江南之星。」我問道。

「當然，我能不贊助嗎？」他說，苦笑的語氣。

「你本來準備推誰的？」我笑著問他道。

「這件事情你不要問。當然是對我公司未來發展有影響的一個關係。不過，我可以增加一部分贊助，讓你們院長的女兒得個季軍什麼的。這樣也不錯，至少可以出名，讓娛樂圈關注到她吧？」他說。

我覺得這樣不大好，「總不能就這樣白白幫他吧？」

「那個專案我還是不想放棄。馮笑，你有什麼辦法沒有？規避風險的辦法。」

他問我道。

我想了想後，說道：「你讓另外的人去贊助章院長的女兒就是。你不出面。」

「一旦出事情，還不是一樣會暴露出來？」他說。

「讓洪雅去贊助。她畢竟和常書記的關係好，如果真的出事情了，不是還有黃省長在後面撐著嗎？」我說。

「這辦法倒是不錯。你問問洪雅，看她的態度怎麼樣再說吧。」他說道。

「我馬上給她打電話。」我說。

「你和她當面談吧。馮笑，這個專案做下來利潤也不小呢。幾千萬肯定是有的。你可以這樣和洪雅談，請她出面贊助一百萬，我給她一百五十萬，其中的五十萬是給她的好處費。如果章院長的女兒要參加全國比賽的話，另外再說。」

「這樣吧，我讓章院長和你商量好了再說。」我說道。

「這是肯定的。這樣吧，你讓他直接給我打電話。對了，你要裝出一副不知道我和他交易的事情。你畢竟是他單位的員工，人家很忌諱。即使他明明知道你可能清楚其中的事情，但你最好不要出面的好。」他說。我連聲答應。

他的話我當然明白。

接下來我給章院長打了電話，「林叔叔讓你和他聯繫。」

「他說了什麼嗎？」他問。

「我問他您女兒的事情他是怎麼考慮的，他說請您自己給他打電話，其他的他沒有說。」我回答。

「好吧，謝謝你。」他說道，隨即掛斷了電話。

這時候莊晴進來了，她對我說：「馮笑，謝謝你，你說的我都聽到了。」

我大驚，「你聽到了什麼？」

「你把這麼好的機會留給我，我很感謝你。」她說。

我想了想，頓時放下心來：林易對我說的那些話她可聽不見。不是我對她不信任，而是我覺得，有些事情她知道了不好，畢竟事關重大，而且，她對章院長又是那麼不滿。

「應該的，畢竟你不一樣。」我柔聲地對她說。

「既然林老闆答應要捧章詩語，那你就應該答應我那件事情。」她說。

「莊晴，何必呢？而且，我不可能有那麼大的魅力，我已經結婚了。」說到這裏，我去看了一眼病床上的陳圓，「不可以的。」

「你以前不是答應過要替我報復的嗎？」她問道。

「人家章院長已經給你錢了，已經是變相地向你道歉了，算了吧。」我依然勸她道。

「如果不是他，宋梅就不會輕視我，也就不會發生後面的事。我永遠不會原諒他。」她說。

「那我們也就不會成為朋友了，你說是不是？一切都是天意，你說是不是？」我歎息著說。

她頓時不語，隨即默默地離開了我的房間。

第二天一大早，宮一朗來了。

「馮醫生，從今天開始我的工作，好嗎？」他對我說。

我很高興，「太好了。」

不多時，我的家裏飄散出了動聽的音符。

「真好聽。」莊晴對我說。

我點頭。

「你這是在搞什麼？」蘇華問道。

我去看了一眼臥室的門，「我希望陳圓能夠儘快醒來。」

她一怔，隨即歎息道：「沒用的。」

「有用，一定有用！」我很不高興地道。

莊晴和阿珠見我莫名其妙地生氣了，都來看我。

我朝她們做了個手勢，意思是讓她們不要干擾宮一朗彈琴。

我隨即去到陽台上。

蘇華跟了出來，她看著我，搖頭歎息，「馮笑，我真搞不明白你這個人。想不到，你還這麼癡情。」

我頓時怔住了，「蘇華，這不是癡情，是責任。明白嗎？」

「哦，我明白了。」她說，「不過，像你這樣的男人太少了。」

我神情黯然，「也許，只有經常犯錯誤的男人，才更懂得責任這兩個字吧。」

「不，是你良心未泯。真正幹壞事的人不會有什麼責任心的。其實你很矛盾。對不起，我今後不會讓你為難了。」她低聲地說。

我很感動，「謝謝你蘇華，謝謝你理解我。」

可是，她接下來卻說了一句讓我意想不到的話來，「其實，我也不知道自己能否做到。」

「本來我有個同學很不錯。但是，我不方便把你介紹給他。因為我和他畢竟是好朋友。所以，我現在很後悔，後悔不該和你發生那樣的關係。」我不禁低聲歎息。

「我不後悔。」她卻這樣說道，「我們都是成年人，對這樣的事情，不應該後悔。」

「有合適的人，你還是儘快找一個，你年齡也不小了。」我說。

她頓時不悅起來，「馮笑，我在家裏就是為了這件事情和父母吵架，你怎麼也變得婆婆媽媽的了？煩不煩啊？」

我歎息道：「蘇華，大家都是為了你好，你何苦這麼激動呢？好了，我不說了。不過，今後我遇見了合適的人，可是要給你介紹的哦。」

「好啊，那樣更方便，我就有兩個男人了。」她說，然後看著我笑。

我不禁尷尬起來，「你……」

她大笑。

這下好了，她的笑聲引來了阿珠和莊晴，「你們在幹什麼？怎麼這麼高興？」

我不禁瞠目結舌起來。

幸好這時候，林易打來了電話。

「馮笑，你晚上帶章院長的女兒去唱唱歌，聽聽她的聲音怎麼樣。因為上官琴回家過春節去了，不然，我就讓她和你一塊。對了，你問問孫露露在不在，她在的話最好。」

「最好還是有專業方面的人來聽一下，我哪裏聽得出她唱得好不好？」我苦笑著說。

「起碼不能太差吧？你先聽聽再說，這樣我心裏才有數。接下來，我再找專業的人聽聽。既然答應了你們章院長，就得把事情做好不是？」他說。

「好吧。」我說。

隨即給孫露露打電話。

「你終於想起我來了？」她的聲音裏帶著一種責怪，同時還有一種哀怨。

「你在什麼地方？」我問道，心裏不好解釋什麼。

「在家裏啊，房子剛剛裝修完，正準備過幾天回家去接媽媽來呢。」她說。

「太好了，晚上陪我去辦一件事情。」我說。

「什麼事？」她問道。

「你對音樂瞭解多少？」我問道。

「好或者壞，還是聽得出來的。怎麼啦？」她說道。

「想請你聽聽一個人唱歌的水準怎麼樣。我也是受人所托。」我說道。

「我這水準……不行的。」她笑道。

「有個初步意見就可以了。」我說，想了想，「或者，晚上我們一起吃頓飯吧，也算是我給你拜年。」

「好啊，這個春節我一個人在這裏過，太可憐了。」她很高興地道。

隨即給章院長打電話，「晚上我請了省劇團的一個人，先聽聽你女兒唱歌怎麼樣。這是林叔叔剛才吩咐我的事情。」

「我在外面辦事情，我讓她直接和你聯繫吧。」章院長說。

「好，或者您把她的電話號碼發給我，我吃完飯後與她聯繫。」我說。

「也行。」他說，「小馮……這個，莊晴和你一起去嗎？晚上。」

他問得有些猶豫，我忽然明白了：看來，他還是很擔心莊晴對他女兒不利。

我急忙回答道：「她不知道這件事情，我只是按照林叔叔的吩咐在辦。今天林叔叔也沒空。」

「有位叫洪雅的老闆你熟悉嗎？」他忽然問道。

我一時間不知道他為什麼要這樣問我，只好含糊地回答道：「認識。」

「如果你把她也叫上的話，就更好了。」他說。

「這樣，我問了林叔叔再說，好嗎？」我說道。

「當然，一切都得聽他的安排。好了，我在領導家裏，晚上還有應酬，拜託你了。」他客氣地道。

「您放心吧，我會盡力辦好的。」我回答說，心裏卻在想：他為什麼建議叫上洪雅？難道林易已經告訴他具體的操作方法了？很可能是這樣！

我想了想，覺得現在叫洪雅不大合適，因為林易根本就沒吩咐我這件事情，這說明他根本沒有這樣的考慮。

「晚上我要出去吃飯。」下午五點過的時候，我對蘇華她們說。

「去吧，本保姆在家裏，你放心就是。」蘇華笑道。

「又去喝酒？」阿珠不高興地道。

「幫我看好孩子，謝謝你。」我柔聲地對她說。

「我沒事，那我跟你一起出去好不好？當然，如果你是要和某位美女幽會就算了。」莊晴笑道。

「公事呢。」我說。

「好，我臉皮夠厚的。」她的臉頓時紅了。

我有些不忍，「今天確實不行。」

「你出來。」她將我拉出了門。

「幹嗎？」我不滿地看著她問道。

「你晚上準備讓章詩語去唱歌是不是？」她問我道。

我頓時生氣了，「莊晴，你怎麼老是偷聽我打電話呢？」

窺探，是很多人最喜歡做的事情，或者說是大多數人潛意識的願望。但卻沒有人願意被窺探。我就痛恨這樣的事情。因為那樣會讓我有一種赤裸裸暴露在光天化日之下的感覺。

佛洛伊德認為，人們對別人隱私的窺探，欲源於童年的好奇心，來自對自己身世和來歷的探知欲。

童年時期被壓抑的欲望，往往會發展成為一種扭曲變態的原始欲望，同時會造成一種變態人格。

所以，我感到非常生氣。而且，今天莊晴是第二次這樣了。

即使她和我有著這樣的關係，我也覺得她不可原諒。

可是，她卻笑嘻嘻地說：「我無意中聽到的。我是很關心你最近的安排啊？」

我即刻正色對她說道：「莊晴，你這樣很不好。你知道不知道？馬上你就是公眾人物了，如果今後別人總是來偷窺你的私人生活，你會怎麼想？」

「馮笑，不至於吧？不就是無意中聽到了你一通電話嗎？你討厭我了是不是？好，我馬上離開你家就是。」讓我想不到的是，她竟然生氣了。

我們的吵鬧聲驚動了屋裏的蘇華和阿珠，她們都跑了出來。

蘇華問道：「怎麼啦？剛才不是還好好的嗎？怎麼吵起來了？」

「你問他！」莊晴大聲地說。

蘇華來看我，我反而啞口無言起來，「這……沒什麼。」

「馮笑，莊晴難得回來一次，你別和她吵了，你就帶她一起去吧。」蘇華說。

「我才不要他帶呢。我又不是一件東西，說帶就帶。」莊晴賭氣地道。

「你是東西好了吧？哈哈！馮笑，你一個大男人，怎麼和莊晴生氣呢？你不對啊！」蘇華批評我道。

我這才反應過來，頓時忍不住笑了。

不過，我依然不想帶她去，因為我擔心她搞出什麼古怪來。

「我馬上去機場，肯定有到北京的飛機，免得在這裏受某些人的氣。」莊晴見我猶豫的樣子，說道。

我頓時愧疚起來，「好吧，你跟我去吧。」

「我才不去呢，我的臉皮沒那麼厚。」莊晴說，不來看我。

蘇華低聲地對我說道：「你好好和她說。」隨即去叫阿珠，「阿珠，走，我們進去看電視。」

門外就剩下我和莊晴了，我看著她，「莊晴，不是因為其他原因，我是擔心你老想要報復的事情。章詩語和你無冤無仇的，你沒有必要這樣對她。你說是吧？」

「誰說我要報復她的？」她低聲地道。

聽她這樣說，我頓時就放心了，「那好吧，我們走。」

「你得求我去才行，不然的話，我不去。」她癟嘴道。

我頓時哭笑不得，「好吧，莊晴，求求你，求你跟我去吃飯好不好？」

「這還差不多。」她「噗哧」一聲笑了出來。

就在這時候阿珠也出來了，「我也要去！」

我一怔，隨即道：「好吧，都去吧。你們這些姑奶奶，我一個都得罪不起！」

「去吧，你們都去吧。有我這個保姆在家裏，你們放心就是。」蘇華說。

我歉意地對她道：「謝謝你，學姐。」

「算了，我不去了。」阿珠說，隨即重重地將房門關上了。

我一愣，然後只有不住苦笑。

莊晴說：「小丫頭吃醋了。」

我心裏猛地震動了一下，「別胡說。」

「我是女人，這小女兒家的心思，我還看不出來？」她說道。

我頓時心裏煩躁起來，「不會的，別說了，她母親是我導師，我不能做出對不起我導師的事情。」

「這關她媽媽什麼事情？男女之間兩心相悅，就是上床做愛。你以為還是以前啊？」她不以為然地道。

「莊晴，別這樣說。阿珠的父母都已經不在了，而且是因為她父親出軌才造成了那樣的慘劇。我是已婚男人，導師生前最恨的就是像我這樣的男人了。」我歎息著說。

「那你最好不要讓她離你太近了。你這人，最開始的時候不吸引女人注意，一旦和你相處的時間長了，就麻煩了，女人會在不知不覺中喜歡上你的。」她說。

「也就是你稀罕我罷了，有幾斤幾兩重，最清楚的是我自己。」我說道，心裏很是汗顏。

她瞥了我一眼，「你就暗暗得意吧你。」

在路上的時候，我接到了一個陌生的電話，接聽後才知道，對方就是章詩語。

我心裏有些不悅：究竟是誰求誰啊？這麼晚才打電話來？

「晚上幾點鐘？在什麼地方？」她問道。

「我們馬上去吃飯，飯吃完了我給你打電話，就這個號碼是吧？」我問道。

「是的。」她回答。

這時候，莊晴一把將我的手機搶了過去，「詩語啊，我是莊晴。你吃飯了沒有？沒有的話，就來和我們一起吃吧。一會兒去唱歌的話，先得喝點酒才發揮得好。什麼地方啊？你等等，我問問。」她隨即來看我。

我哭笑不得，「濱江路，江湖人家。」

莊晴即刻告訴了對方，「這樣吧，你住在什麼地方？我讓馮笑來接你。」

我更抓狂了，但卻又不好說什麼。

莊晴掛斷電話後對我說：「調頭，我們去接她。」

「誰讓你自作主張的？」我不滿地道。

「馮笑，對漂亮女孩子要紳士一些。」她笑著對我說道。

「我要去接另外一位美女。」我說，並沒有調頭。

「誰？」她詫異地問。

「孫露露，你好像認識。」我說。

「你和她也搞上了？」她問道，有些氣急敗壞。

「什麼啊？是林老闆讓我帶她去聽聽章詩語唱歌怎麼樣，順便請她吃頓飯。」我急忙地道，心裏不禁有些慌亂起來。

「這樣，你接了孫露露後，再去接章詩語，這樣可以了吧？」她說。

我苦笑道：「也只好這樣了。你真是的，怎麼不經過我同意就自作主張了呢？」

她卻不以為然地道：「這點小事我都不能替你做主？」

「可以，這樣舒服了吧？」我說。

「看你那樣子，好像我欠了你金銀財寶似的！」她很是不滿地道。

「莊晴，我們不要為這樣的事情吵架了好不好？這是怎麼了？我記得我們兩個人以前從來沒有吵過架的。」我一怔之後，柔聲對她說。

「我才懶得和你吵呢。」她笑道。就是她的這一笑，讓我心裏頓時湧起了一種溫情，於是，我即刻將車調頭，給孫露露打電話，「你那裏離濱江路很近，我去接人，你先去把菜幫我點好吧。四個人。」

「我點啊，那我就只看貴的菜點哦？」她笑著說。

「沒問題，你隨便。」我說。

「這個春節，我吃了好幾頓泡麵，今天我得好好敲敲你。」她大笑。

我也笑，「敲吧，使勁敲。」

第四章

蝕骨的愉悅

美麗的女人給人的感覺就是如此不同。
以至於我的雙眼從頭至尾都捨不得離開章詩語的臉。
我看著她迷醉的樣子，看著她享受的嚎叫，
還有她那雙迷離得讓人心顫的眼睛。
她的呼叫讓我難以自己，一種蝕骨的愉悅感頓時湧遍全身。
於是，我把自己的所有都給了她……

我們到酒樓的時候，孫露露果然點好了菜。

「對了，還沒點酒呢。你們想喝什麼？」我說。

「當然是白酒了。」莊晴說。

「我隨便。」孫露露說。

「你說呢？」我問章詩語。

她搖頭，「我平時不大喝酒，喝酒是惡習。」

莊晴頓時不高興了，「朋友在一起，不喝酒怎麼行？什麼惡習啊？中國人就這習慣。請別人辦事，就得喝酒。」

「莊晴，別這樣！」我覺得她的話有些重了。

「是這樣，國內就是這樣，大家都得講人情世故。對了，今天是讓我來聽誰唱歌啊？」孫露露問道。

「是她。」我指了指章詩語。

「那你少喝點吧。不然，一會兒發揮不好。」孫露露說。

「你？你來考察我的歌喉？」章詩語詫異地道。

「我怎麼啦？」孫露露頓時也不悅起來，「看來我得先唱一段給你們聽聽。」

莊晴拍手叫好。

孫露露即刻站了起來，「蘇三離了洪洞縣，將身來在大街前……」她的聲音好聽極了，跟電視裏的聲音聽起來完全不同。我說不出那種美妙的感覺，只覺得清雅動聽，餘音繞樑。再加上她優美的身形、顧盼的眼神，真是美到了極致。

莊晴頓時拍手叫好，章詩語也被震驚了的樣子。

我是第一次聽她唱京劇，這才發現，她唱出來的聲音可要比那些流行歌曲好聽多了，於是也不住地叫好。

「我不敢唱了。」章詩語說。

「這是京劇，你唱流行歌曲不需要這樣的嗓音。」我鼓勵她道，隨即去看了莊晴一眼，「對了，你莊晴姐也唱得不錯呢。」

「我要喝了酒才唱得好。」莊晴說。

「那我也喝。」章詩語說。

「這就對了嘛，不喝酒哪來的激情？今天晚上反正是玩，自娛自樂，不喝酒怎麼有感覺？」莊晴頓時笑了起來。

「茅台還是五糧液？」我問道。

「太貴了。」孫露露說。

「過年嘛，喝點好酒。」我說。

「五糧液吧，我喝不慣茅台那味道。」莊晴說。

「好吧。」我說，隨即吩咐服務員上酒。

接下來我一一地去敬她們三個人。

我對莊晴說：「今後多回來玩，祝你今年好運連連。」

她不再嬉皮笑臉的了，有些感動的樣子，「一定會的。」

隨即，我對孫露露說：「馬上住新房子了，祝你事事都新，爭取當新娘子。」

「這可能辦不到，新郎官在什麼地方還不知道呢。」她笑著說。

最後，我去敬章詩語，「祝你心想事成，家鄉的月亮還是要圓一些的。」

「馮醫生，謝謝你。」她客氣地道。

「馮笑，你真會說。」

莊晴喝酒的速度很快，孫露露也跟上了她的節奏。

章詩語酒杯裏的酒卻幾乎沒有下降，於是，我對她說：「我給你代喝怎麼樣？」

她去看莊晴。

莊晴低頭在吃菜。

我笑著把她酒杯裏的酒朝自己杯中倒了一半過來。

可是，讓我想不到的是，這時候莊晴卻忽然舉杯大叫了一聲：「乾杯！」

「慢點行不行？」我急忙地道。

「既然你有能力代酒，那我就不要說什麼了。」莊晴說。

我明顯感覺到了她的不滿。

於是，我舉杯，「好吧，我們乾杯，吃完飯後去唱歌。」

還好的是，莊晴這下沒說什麼了。

大家又吃了一會兒東西，我吩咐服務員結賬。

莊晴忽然說道：「要兩瓶紅酒，一箱啤酒。」

我駭然地看著她，「你幹嗎？還有正事沒辦呢。」

她笑道：「你別墅裏面有一個房間有音響，我都看到了。我們把這些酒帶到那裏去喝。」

我愕然地道：「是嗎？我自己倒沒注意到呢。」

「不會吧？」莊晴根本不相信。

「別人幫我裝修的，我根本沒看完裏面的每一個房間。」我說。

「馮大哥，你真幸福。」孫露露歎息道。

「還是去歌城吧，我不知道那裏的音響效果怎麼樣。而且，也不知道有沒有可以唱歌的光碟。」

「有，我看到了。」莊晴說。

「這……」我去看孫露露和章詩語。

「我隨便。」章詩語說。

「露露，我們出去說幾句話。」莊晴卻拉著孫露露跑了出去。

房間裏面就剩下我和章詩語了。

我問她：「你準備去參加全國的歌手大賽？」

「我對自己的嗓子很有信心的。在國外的大學裏，我得過獎的。」她說，「不過，剛才孫小姐的聲音太好聽了，我頓時就沒信心了。」

我笑道：「她那是經過專業培訓了的，京劇的唱法也不一樣。」

「這倒是。馮醫生，你真好。謝謝你。」她說。

我笑道：「別這麼客氣好不好？你爸爸是我的領導呢。」

她看著我笑，「聽我爸爸說，你是婦產科醫生？」

我點頭，「是啊，你很奇怪是吧？」

她搖頭，「在國外，很多男婦產科醫生的。不過，我爸爸對我說的話讓我覺得好笑。」

我很詫異，「他說什麼？」

「他說你是婦產科醫生，所以我和你在一起，他很放心。」她笑著回答說。

我一怔，頓時苦笑了起來。

我心裏當然知道她父親的弦外之音。

「不過，我倒是覺得你很危險，你很有男性魅力。」她卻接著說道。隨即，她在看著我笑。

她看我看得很大膽，而我卻惶惶不安起來，喃喃地道：「是嗎？過幾年就變成老太婆模樣了。」

她頓時大笑起來。

這時候，莊晴和孫露露進來了。

莊晴說：「走吧，就去你別墅那裏。」

我忽然想到了一個問題，「我那裏不隔音吧？影響到別人就不好了。」

莊晴大笑道：「馮笑，我覺得你有時候真傻。別墅的音響屋怎麼可能不隔音？你以為你那是農家樂啊？」

孫露露和章詩語頓時都笑了起來。

這下我不好意思了，急忙訕訕地道：「還別說，我真的不知道。」

到了別墅裏，我才發現，原來還真有一個大大的房間是專門被裝修成家庭影院的。凹凹造型的吊頂，不僅有很強的裝飾作用，還能起到很好的吸音、反射效果。窗簾很厚，正前方是一張大大的銀幕，屋頂還有一個投影儀。銀幕的兩側是兩組大大的音響。屋子的正中是一套大大的質地柔軟的真皮沙發，沙發下面是一張純羊毛地毯，它鋪放在木地板的上面。

「我不會使用啊，就像鄉巴佬一樣。」看著裏面的一切，我不禁苦笑。

「我來吧。」孫露露說。

我忽然想起她以前的那份兼職工作，心裏頓時有些不是滋味起來。

十來分鐘後，房間裏頓時響起了動聽的樂曲，銀幕上也有了畫面。

我跑到屋子外邊，關上門。還別說，隔音效果真的還不錯。

再次進屋，我看見沙發前面的那張地毯已經不見了，擺放上了一個大大的茶几，茶几上面是啤酒、紅酒和杯子。

我頓時笑了起來，「你們把我這裏佈置成歌城了。」

我差點把歌城說成夜總會，幸好在說出口的那一瞬間改了過來。

我急於想聽章詩語唱歌，進去後就對她道：「你先唱一首我們聽聽。免得一會兒喝多了唱不出來，或者我們聽不到你真實的嗓音了，明天我還得交差呢。」

「我唱《小背簍》吧。」她說，「不知道有沒有？」

「有，有宋祖英的專輯。」孫露露說，「我馬上給你放啊。」

音樂的前奏頓時響起，章詩語開始唱，她的身形很有舞台味道。

當她的歌聲出口的那一刻，我頓時驚呆了！她比宋祖英唱得好！聲音甜美，音色清麗無比！

我駭然地看著她，想不到，這丫頭竟然有如此水準。

莊晴也驚呆了。

她唱完後，我急忙去問孫露露，「怎麼樣？你覺得怎麼樣？」

「不錯。」她說，「但是，要參加全國性比賽還差一樣東西。」

「什麼？」我和章詩語同時問道。

「一首新歌，最好請人專門根據她的嗓音寫一首新歌。你們知道，我們國家人口眾多，有這樣嗓音的選手很多的，想要從那些選手裏脫穎而出的話，必須有自己的特色，一味模仿，肯定不行。」孫露露說道。

我點頭，「好像有些道理。不過，現在好像都要憑關係吧？」

「關係肯定需要，不過，歌手本身的條件還是很重要的。如果在此基礎上再運作一些關係的話，獲獎就比較容易了。對了小章，你這是民歌唱法啊？你不是說，你是通俗唱法嗎？」孫露露問道。

「那我再唱一首《隱形的翅膀》吧。」章詩語說。

我不得不感歎：她的流行歌曲也唱得那麼好，聲音聽起來很舒服，高亢而清純，很有韻味。

「你這嗓子，最好用通俗唱法。你在唱民歌的時候，有幾個音階把握得不那麼準。呵呵！這是我個人的建議。」孫露露聽完後說道。

「我自己也知道。」章詩語說道。

「行了吧？我們喝酒啊？我覺得不錯，哪種唱法都不錯。」莊晴說。

孫露露笑道：「行，我的意見發表完了。馮大哥，你說呢？」

我笑道：「好吧，至少我明天可以交差了。」

莊晴很是高興，頓時興高采烈地問：「啤酒還是紅酒？」

「啤酒。」我說。

「紅酒，啤酒喝了容易長胖。」章詩語道。

看得出來，她很高興的樣子，畢竟她的歌聲得到了肯定。

我、莊晴、孫露露都喝啤酒，章詩語一個人喝紅酒。

四個人連續碰了好幾杯。大家都很高興。

我也很高興，而且，我發現自己很久沒有像今天這樣放開地高興了。

孫露露站起來唱了一首歌，不是京劇，是《紅梅贊》。很好聽。

唱完後，莊晴給她敬酒，還叫我一起去敬。

我端起一杯啤酒去了，「唱得真好。」我說。

「祝賀表演成功。」莊晴笑道。

隨即，莊晴唱了一首我不知道名字的歌曲，也很好聽，不過有些哀婉。中間好像有什麼「不服輸」之類的歌詞。

孫露露去敬酒，「莊晴，你今後可以當歌星了，唱得真好。你和小章不一樣，你唱出了這首歌裏最真實的情感，很感人。」

「是嗎？」莊晴很高興，仰頭喝下。

這下，章詩語不服氣了，她也唱了一首，我還是不知道歌曲的名字。

孫露露對我說：「小章的嗓子不錯，不過，對歌曲的理解差了些。這需要閱歷，也需要培養。」

我點頭。

莊晴很大度，端起酒杯去敬章詩語的酒。

在不知不覺中，我們喝了半箱啤酒下去，章詩語也喝完了一瓶紅酒。

我覺得有些頭暈，而且很興奮。但是，我不會唱歌。

幾次莊晴來拉我去和她一起唱，結果我發現平時很熟悉的那些歌曲，真正在唱的時候，竟然跑調了，於是，羞愧地跑下去喝酒。

「沒什麼，唱多了就好了。」孫露露柔和地對我說。

我發現她嘴角的酒窩真的很漂亮。

「看我幹嘛？」她在朝我嫵媚地笑。

我頓時有一種想要去親吻她的衝動，但我在克制著自己。

我笑道：「因為你有漂亮的眼睛、鼻子、嘴巴，還有漂亮的酒窩。」

她看著我，「馮大哥，你想我了？」

「想了，他早就想你了！」猛然地，我聽到自己耳邊傳來了莊晴的聲音。

我大吃一驚。

「馮笑哥哥，你今天好帥哦。」莊晴搖搖晃晃過來抱住了我。

雖然我已經喝醉了，但頭腦還有一絲的清醒，我急忙去推開她，但她的嘴唇卻猛然印在了我的嘴巴上，舌頭隨即靈動地進入了我的唇內。而與此同時，我感覺到另外一個人的嘴唇正在親吻我的耳垂。

是孫露露。

我頓時緊張起來，因為我忽然想到，章詩語也在這個地方！

我慌忙掙扎，因為嘴巴被莊晴的唇堵住了，我發出了「嗚嗚」的聲音。

我終於使勁推開了莊晴，去看章詩語。

我駭然地看見，此刻的她正隨著音樂的節奏舞動著她的身軀，而且，正一件件地脫下衣服，朝兩旁扔去！

「她，她這是怎麼啦？」我駭然地問莊晴。

「她高興。」莊晴說，趁我怔住的這一瞬間，她再次用她的唇堵住了我的嘴巴，而孫露露的手卻即刻解開了我褲子的拉鏈。

我的身體頓時僵直，隨即看見孫露露朝我匍匐了下來，頓時讓我陷入到了一種美妙無窮的溫暖之中。

我禁不住呻吟了一聲，身體頹然倒下。

在我頹然倒下的那一刻，忽然感覺到背上有一樣東西，似乎是一個啤酒瓶子。

我頓時清醒。於是猛然推開了莊晴，掙脫了孫露露。

「別！莊晴，別這樣！」

我急忙去看章詩語，發現她身上只剩下了內衣褲，而且，正和著音樂舞動著她修長曼麗的身軀，她的頭髮如黑霧般在飄散。

莊晴忽然發出了一聲輕笑，「露露姐，我們走吧。」

我大駭，「你們，別！」

可是莊晴卻已拉著孫露露跑了，房間裏除了音樂，還留下了莊晴一路的笑聲。

我隱隱感到不大對勁，急忙追了出去，可是，已經沒有了她們兩個人的身影。

不一會兒，我聽到別墅大門處傳來了關門聲。

「孫露露！莊晴！你們回來！」我大叫。

沒有任何回應。

不行，得馬上把章詩語送回家去。我心裏想道。

於是，我慢慢回到房間裏，忽然感到音樂聲有些讓人頭暈，急忙尋找開關。

房間裏驟然安靜下來，但是，斑駁的燈光還在閃動。

燈光下，章詩語還在緩緩搖晃著她的身體，給人一種搖搖欲墜的感覺。

我四處尋找她的衣服，首先看到的是她的毛衣，於是跑過去撿起來，朝她走去，「小章，穿上。」

她在看著我，雙眼裏全是迷離的眼神。

我不禁苦笑：這丫頭喝醉了。

我急忙將毛衣給她穿上，眼前是她白皙如雪的肌膚，還有挺立的胸部。

剛才莊晴和孫露露已經激發起了我內心的欲望，以至於這一刻，我感到有些把持不住。

於是，我急忙閉上眼睛，將毛衣從她頭頂套了下去。

手指觸及到她柔嫩的肌膚，還有她腰部的弧度，我急忙鬆開了自己的手。

「嘻嘻！」我聽到她在笑，急忙睜開眼睛，眼前的她差點讓我噴血！

修長美麗的她，上身一件寬鬆的毛衣，下面卻是一雙修長白皙得讓人目眩的雙腿。毛衣剛剛遮住了她的臀部，她的雙腿讓人產生了難以克制的念想，眼前的她，比一個女人身無寸縷更具有誘惑力！

我看著她，癡了。

她在朝我笑，歪著頭在朝著我笑，「馮大哥，我漂亮嗎？」

我似乎傻了，呆呆看著她，不住地點頭，「漂亮，好漂亮……」

她在朝我走來，我忽然告訴自己：你要跑，一定要離開這個地方，離開她！可是，我卻發現，自己的雙腿根本就不能動彈分毫！

我和她之間本來就只有不到一米的距離，但我卻感覺她是那麼的遙遠，以至於我覺得她朝我靠過來的這個過程，是如此的漫長。

我無法移動自己的雙腿，但她的身體已經將我擁抱，她的舌在我的頸部、耳垂、一側的臉頰上游走，讓我感到全身一片酥麻。她的胯部在我身體的前方摩挲著，動作輕緩而勻速，這讓我真切地感覺到：她似乎並沒有喝醉。

我的肉體在呻吟，緊張的身體慢慢地舒緩、放鬆。

我再次被溫暖包裹……我的雙手禁不住去捧住了她的頭。

一股異樣的感受猛然湧遍了我的全身。

是她主動的，是她主動的，不是我……我在心裏對自己說。

身體頓時完全放鬆了下來。我感覺到了，她是如此的熟練，如此的讓人飄飄欲仙。

再也無法克制自己，我猛然低下身去將她橫抱起來。

然而，她卻猛然掙脫了我，然後狠狠將我推倒在沙發上面。

我心裏頓時慌亂起來：馮笑，你犯大錯誤了！

「小章，我……」我聽到自己在說。

可是，她卻沒有生氣的樣子，她在我面前扭動著她的身體，將我剛剛給她穿上的毛衣緩緩從她的頭頂褪去。

她的腿好修長，好漂亮，它們在搖擺……

她在朝我走來，「馮大哥，我來了……」

我從來沒感受過這樣的激情，她的身體彷彿有一股磁力緊緊將我吸附著，她是如此的美麗，漂亮的臉讓人目眩；她是如此的瘋狂，身體如同魔鬼般在盡情扭動。

酒後的我感覺是那麼清晰。

我緊緊看著她的臉。她太漂亮了，依稀還有些章院長的影子。我忽然有了一種莫名的興奮，猛然地將她抱住，然後站起身來將她摁倒在沙發上面，快速而猛烈地向她發起攻擊。

她興奮異常，嘴裏竟然大聲地呼出英文：「Oh，My God！Oh，Yes……」

我不得不承認，美麗的女人給人的感覺就是如此不同。她，章詩語給我的感覺就是這樣，以至於我的雙眼從頭至尾都捨不得離開她的臉。我看著她迷醉的樣子，看著她享受的嚎叫，還有她那雙迷離得讓人心顫的眼睛。

她的呼叫讓我難以自已，一種蝕骨的愉悅感頓時湧遍全身。

於是，我把自己的所有都給了她……

我就這樣停留在她的身體裏，不願離去。而她卻漸漸沉睡了，她的睫毛還在顫動。

房間裏面靜得沒有一絲一毫的聲音，唯有斑駁的燈光在我們身上一次次閃過。

不知道過了多久，她終於醒來了。

「馮笑，你們好壞。你們肯定給我喝了春藥之類的東西。」她說。

我頓時嚇了一跳，「沒有，真的沒有。對不起，我也喝多了。」

「不過，我喜歡。馮笑，你真棒。」她卻朝我粲然一笑。

我看著她，發現她不像是說笑的樣子，因為她臉上露出的是迷人的笑容。

「本來不該發生這樣的事情，都是喝酒喝多了的緣故。」我低聲地道，忽然有些心虛起來。

她忽然笑了，「我終於知道你們為什麼喜歡喝那麼多酒了，原來是為了壯膽。馮笑，如果今天你不喝醉，我也不這樣主動的話，你絕對不敢對我做這樣的事情，是不是？」

我一怔，隨即點頭，「是。」

「酒這東西。」她輕輕地笑，隨即到我臉頰上親了一口，「你真棒，今後，我要經常找你玩。」

我詫異地看著她，完全不敢相信自己的耳朵。

「如果你今後不答應我，我就把這件事情告訴我爸爸。」她說，臉上依然是美麗的笑容。

我已經恢復了理智，內心的怯弱頓時回到了自己體內。

我不敢說話了。

她朝我伸出手來，「給我。」

我怔了一下，「什麼？」

「你這裏的鑰匙，給我一把。今後，我想你的時候，就給你打電話。我說了，如果你不來的話，我就告訴我爸爸關於我們的事。」她說，手，依然在朝我伸著。

我沒想到竟然會是這樣一種情況，頓時猶豫起來……

她卻忽然笑了起來，「走吧，送我回家。」

我如釋重負，急忙答應。

章院長的家住在一處不錯的社區裏，看上去應該是一處高檔社區。她下車的時候，俯身過來親了我一下，「馮醫生，謝謝你。」

她的聲音充滿著一種誘人的魅惑力，我的心頓時顫動了一下，醒悟過來的時候，她的背影已經消失在樓道口裏面。

我忽然想起了一件事情，急忙將車開出社區，然後給孫露露撥打電話，「你和莊晴給她吃了什麼？」

「沒有啊，我不知道。」她回答，隨即便開始笑。

「露露，你告訴我實話。」我心裏很不悅，因為我聽出了她話中的矛盾。

「我真的不知道。」她說。

「那我問你，在我們剛剛吃完飯的時候，莊晴把你叫出去說了什麼？」我問道。

「她說……嘻嘻！我不告訴你。」她在電話裏面笑。

「露露，請你一定要告訴我。」我心裏有些煩躁起來。

「沒什麼，真的，你自己去問莊晴吧。反正我不知道是否給小章放藥的事情，即使有人放了，也是莊晴。不過，她真的沒有告訴我。」她說。

她的話讓我不得不相信，想了想，我又問道：「那麼，你為什麼要和她一起離開？」

「她拉我走的啊？她說那裏不需要我們了。」她說，隨即又笑：「馮大哥，那麼漂亮的小妹妹，你不感謝我們給你這個機會啊？」

「你和莊晴究竟搞什麼名堂嘛？你們這樣，完全是想讓我犯錯誤！你們太過分了！」我大聲地道。

她的聲音頓時緊張了起來，而且問得小心翼翼，「馮大哥，你怎麼啦？出事情了？」

「沒有。唉！她畢竟是我老闆的女兒啊。你們這樣做，萬一要是出事情了怎麼辦？」我說。

「我明白了。嘻嘻！不是還沒有出事情嗎？馮大哥，你和她沒發生什麼吧？如果你覺得難受的話，我陪你出去住賓館。」她笑道。

我氣急，「我就到你的新房子來！」

「馮大哥，不可以的。我聽別人說過，在新房裏不和自己的老公做那件事情，今後會萬事不順的。」她急忙地道。

我一怔，隨即大笑，「按照你的說法，酒店的客房豈不是最糟糕的地方？」

「那我就不知道了。不過，有些事情寧可信其有，不可信其無。買這套新房子不容易，我可不希望把這裏變得那樣子。」她說道，隨即又笑，「馮大哥，你說吧，哪家酒店？我馬上過來。」

我哪裏還有心思去和她做那樣的事情？

「我回家休息了。祝你做個美夢。」

「那，那你到我這裏來吧。」她猶豫著說。

我再次一怔，心裏有些感動，「謝謝你，我必須得回去了。」

「馮大哥，我一個人好冷清。」她說道，聲音裏有一種哀怨。

「露露，對不起，我家裏還有那麼多事情。明天吧，明天我去了醫院後再和你聯繫。」我柔聲地對她說道。

「嗯，那你來吃午飯吧，我明天開始做飯了。」她說。

「好吧。」我回答。

我回答前還是猶豫了一瞬。

第五章

預謀

我很懷疑今天的一切都是莊晴預謀的。
章詩語對我說過，她可能被人下了春藥的東西。
我覺得這極有可能，唯有莊晴具有這種可能性，
也就是員警常說的作案動機。

回到家的時候，發現三個女人正在看電視。

阿珠批評我道：「馮笑，你很過分啊，怎麼不送莊晴姐回來啊？」

我不知道莊晴是怎麼對她們講的，不過，在回來的路上我就想到了一點：莊晴肯定不會把今天晚上發生的事情告訴她們的，一是因為莊晴還不是那麼多話的人，二是今天晚上的一切，極有可能是莊晴策劃的。

所以，我只好含含糊糊地回答了一句：「我還有其他的事情。」

阿珠癟嘴道：「還不是去喝酒。也不知道你們男人是怎麼想的，那酒有什麼好喝的嘛？」

我只好搖頭苦笑道：「我們男人的事情，你不懂。」

我們倆在說話的過程中，莊晴和蘇華都沒來理我，她們正聚精會神地在看一部韓劇。

隨即，我問了蘇華一句：「孩子怎麼樣？」本想問陳圓的，但是內心的內疚卻讓我實在問不出來。

「給他洗了澡，餵了牛奶，換了尿布，他睡了。沒事，一切都好。」她回答，眼睛根本就沒有離開電視。

我隨即去看了莊晴一眼，我發現她也在看電視，不過，她的臉上卻帶著笑容。

我知道，她肯定是想起了今天晚上的事情。

我忍不住想去問她，猶豫了一會兒後，還是跑去拉了她一下，「莊晴，我問你一件事情。」

她擺脫了我的手，「等等，等我看完了電視再說。」

於是，我去到臥室，站在陳圓的病床前。

我看著如同沉睡著的她，心裏對她說道：「對不起，我今天又犯錯誤了。」

她卻依然如故。

我歎息著去看孩子。

孩子睡得正熟，小模樣可愛極了。我忍不住去輕輕撫摸了一下孩子的頭。他醒了，雙眼骨碌碌地在看著我。

我大喜，「兒子，叫爸爸！」

孩子卻猛然地大聲哭了起來。

蘇華跑進來了，還有莊晴和阿珠。

蘇華問我道：「怎麼啦？孩子是不是尿濕了？快看看！」

我急忙解開孩子的尿布，發現裏面乾乾的。

我隨即笑道：「是我把他弄醒了。」

蘇華頓時笑了起來，「他還這麼小，怎麼知道叫爸爸啊？」

我也笑，頓時明白，自己剛才對孩子說的話，被她給聽見了。

「真是的，這麼好看的電視被你給打斷了。」蘇華不滿地道。

「你今天又沒看書？」我問道。

「我去看最後的一點，電視正精彩呢。」她說，快速地跑了出去。

我不禁苦笑著搖頭，隨即發現莊晴還在這裏，於是急忙低聲問她道：「莊晴，今天晚上，你究竟幹了些什麼事情？」

我很懷疑今天的一切都是莊晴預謀的。因為她說過，要報復章院長。而且章詩語也對我說過，她可能被人下了春藥之類的東西。現在，我回想起章詩語晚上的表現，覺得這極有可能。而唯有莊晴具有這種可能性，也就是員警常說的作案動機。

可是莊晴卻一副無辜的樣子，「什麼啊？我啥也沒做。她就是發騷，國外回來的女人本來就是那樣子的。」

我忽然想起章詩語今天晚上後來的表現，頓時覺得莊晴的話好像也很有道理。

不過，我腦海裏依然湧現出她在莊晴和孫露露離開前後的那種表現來，很明顯，那時候的章詩語很不正常。

於是，我低聲問莊晴：「那你告訴我，我們在吃飯後，你把孫露露叫出去，都說了些什麼？」

「你真的想知道？」她歪著頭問我道。

「你說說，我當然想知道。」我點頭道。

「我問她，是不是和你關係很密切？她開始不說。其實我早就看出來了，因為她看你的眼神不一樣。於是我告訴她，我說我和你也是很好的朋友，親密無間。她還是不告訴我。我又說，親密無間的意思就是，我和你沒有縫隙了。她當時就笑了。我也沒再問她，因為她的笑已經告訴了我答案，況且，她的臉都紅了。於是我和她商量，我說章詩語那麼漂亮，不然，今天把這丫頭讓你嘗嘗鮮。她說，這樣不好吧？我說我們應該多替你著想，於是，她又笑了。馮笑，你說我們對你多好？」她低聲地笑著對我說。

我看著病床上的陳圓，急忙拉了她一下，「我們不應該在這裏說這件事情。我心裏很慚愧，很內疚。走，我們出去說。」

她跟著我去到了陽台上面。

我問她：「莊晴，你明知道她是我老闆的女兒，難道你不擔心我出事？你這樣做，萬一她告我強姦怎麼辦？強姦啊，多難聽?!你是不是要讓我失去工作？」

「馮笑，章詩語這個丫頭，看上去清純，其實骨子裏淫蕩得很。我早就看出來了，所以才那樣去做的。難道，你覺得我會害你嗎？馮笑，請你記住一點，這個世界上，你的任何一位朋友都可能會害你，但我莊晴不會！」她有些不高興起來。

「但是，你也不應該讓她吃藥啊？萬一她要報警的話，你就是同案犯。你想想，你現在是什麼身分？萬一和我同謀犯下強姦罪的話，一切可都完了。你想想，這多不值得？」我說。現在，連我自己都心有餘悸了。

「啊？聽你這麼一說，我倒是害怕了。」她哆嗦了一下後說道，隨即問我：「你把她做了沒有？」

我：「這個……」

她瞪了我一眼，「我就知道你忍不住的，她那麼漂亮。」

我汗顏至極。

「是她主動的。」我迴避了她的問題，「而且，事後她沒有責怪我的意思。」

「唉！都是我不好，對這樣一個開放的女孩，根本就沒有必要下藥！對了，你留下了什麼證據沒有？」她問我道。

我沒明白她話中的意思，不過，已經變得緊張起來，「證據？什麼意思？」

「都怪我，當時我就是想報復。馮笑，對不起，本來我答應了你不去報復的，但是當時我根本就忍不住。你看看，這個章詩語本來就是一個淫蕩的女孩，哪裏需要我去報復？對了馮笑，今後你可要注意啊，千萬不要被這個小妖精迷惑住了。」她隨即提醒我道。

「怎麼會呢？今天不出事情就已經萬幸了。」我說。

忽然想起章詩語對我說的那些話來，我心裏隱隱擔心起來：這個小丫頭太開放了，今後說不定還要出事情。又想起她是章院長的女兒，我心裏更加惶恐起來。

「最好你馬上去把現場清理了，馮笑，你那別墅很好進去的是吧？我覺得，你還是馬上去處理一下的好。」她隨即再次提醒我道。

我不以為意，不過覺得她的話也有些道理，於是說道：「好吧，我馬上就去。」

她看著我，「要我陪你去嗎？」

想到阿珠和蘇華都在家裏，我心想，她如果跟我一起去的話，肯定會讓她們懷疑的。於是，我搖頭道：「不用了。」

這時候，我忽然想起一件事情：我離開的時候，好像沒有關掉那個房間裏面的燈光。當時我關掉了音樂，但卻沒有找到那種彩色燈光的開關。

離開的時候，我低聲問了莊晴一句話：「你給她用的什麼藥？」

「成人用品店裏多得是，我給她用得很少，即溶的，無色無味的那種，嘻嘻！」她笑道。

我頓時瞠目結舌。

出門後，我即刻給孫露露打電話，「我來接你，我們去做一下別墅那裏的清潔。」

她即刻答應了。

我一夜未歸，醒來的時候，窗外已經放亮。被窩裏面好溫暖。

我離開別墅的時候，孫露露還沒起床。

我直接去醫院，查看完病房後回家。

開門後，發現阿珠在那裏看著我，她的眼神有些奇怪，當然不是高興。

我心裏有鬼，所以就沒有理會她，直接去到臥室裏面。

剛剛進去卻即刻又退了出來。

我第一次感到害怕，因為我忽然發現，自己不能去面對陳圓。

我已經明顯感覺到，自己越來越墮落了。

剛剛轉身就看到阿珠，她正站在我面前。

莊晴不在客廳，蘇華抱著孩子出來了一下，看見阿珠這個樣子，隨即輕笑一聲，就回到了屋裏去了。

我頓時惱怒起來，「阿珠，你幹嗎？」

「你，跟我到陽台去，我問你事情。」她說，轉身去了。

我搖頭，卻直接去了廚房。

我覺得自己有些餓了。

「喂！我讓你到陽台呢！」阿珠在我身後大叫。

「為什麼你叫我去哪裏，我就一定要去？」我冷冷地道，繼續往廚房走去。

「你！」她很生氣的聲音。

我依然沒有理會她，進到廚房後，發現有冷飯和幾樣冷菜，隨即用一隻大碗裝了些飯菜，放入到微波爐裏。很快地，微波爐裏傳來了飯菜的香味。

「馮笑，我問你，昨天晚上你去哪裏了？」阿珠出現在了廚房的門口處，她狠狠地問我道。

「這和你有什麼關係？」我問她道，臉色一定不好。

「我在問你呢。」她有些氣急敗壞。

我竭力地忍住自己內心的煩躁，「阿珠，你有什麼權力管我的事情？我三十多歲的人了，還需要你這個小丫頭來管我？」

「你！」她頓時氣結，「馮笑，你昨天晚上一夜沒回來，總該告訴我，你去了什麼地方了吧？」

我氣極反笑，「阿珠，你告訴我，我為什麼要告訴你？」

她頓時瞠目結舌，「我，因為我是阿珠！」

我大笑，隨即從微波爐裏端出飯來，好香！

「馮笑，你知道嗎？你的眼圈都黑了。我是學醫的，知道你是縱欲過度。我知道你老婆出了這樣的事情後，你心裏難受。但是，我想不到，你竟然如此不愛惜自己的身體！」她說，聲音在哽咽。

我心裏頓時有些感動起來，但是忽然想起導師日記裏的那句話，於是，依然冷冷地道：「我的事情和你沒任何關係。阿珠，你先管好你自己的事情再說吧。我餓了，別來打攪我吃飯。」

「你！」她憤怒至極，「馮笑，你們男人沒有一個是好東西！」

我苦笑，依然不理她，繼續吃飯。

她跑開了，客廳裏忽然傳來她的大哭聲。

我心裏震動了一下，因為我害怕女人哭泣。

但是，我忍住了，繼續待在廚房裏吃自己的東西。

「阿珠，你怎麼了？他惹你生氣了？」隨即，我聽到了蘇華的聲音。

「馮笑，你幹什麼？幹嗎欺負阿珠？」門口處出現了莊晴。

我苦笑著搖頭，「你們別管。」

莊晴瞪了我一眼，轉身走了。

一會兒後，我聽到蘇華在說：「阿珠，你幹嗎？幹嗎要離開這裏？」隨即聽到莊晴在外面叫我：「馮笑，你快出來！阿珠收東西要離開了，你快來勸勸她。」

我猶豫了一瞬，還是強迫自己繼續在廚房裏吃飯。

外面傳來了蘇華和莊晴勸慰阿珠的聲音，隨即卻聽見阿珠在大叫：「你們別管我，我搬回自己家裏去住！別拉我啊，嗚嗚！」

「馮笑，你快出來啊！」蘇華在叫我。

我歎息了一聲，將碗放到灶台上，隨即出去了。

我看見阿珠的手上提著一隻皮箱，蘇華和莊晴正在拉住她。

我歎息，「讓她走吧，她也不可能永遠住在這裏。」

「馮笑，你混賬！」蘇華大怒。

「馮笑，你過分了。」莊晴也說。

我依然歎息道：「阿珠，你也大了，需要獨立去過你自己的生活了。今後有什麼事情需要我幫你的話，就給我打電話吧。」

「馮笑，我不要你假惺惺這樣對我說話！我恨你！」阿珠聲嘶力竭地大叫著，猛然地掙脫了蘇華和莊晴的手，飛快地朝門外跑去了。

蘇華急忙追了出去，「阿珠！你回來！」

莊晴看著我，「馮笑，難道你不擔心她出去後發生什麼事情？」

我心裏有些痛，也有些心軟，不過，依然搖頭道：「她已經不是小孩子了，隨便她吧。我又不是她的父母，沒有責任像小孩子一樣地呵護她。」

「馮笑，她愛上你了，難道你不知道？」莊晴猛然地問我道。

我的全身頓時一震，隨即搖頭道：「我沒有資格去愛她，她只是一時間糊塗罷了。」

莊晴歎息，「你呀……唉！」

蘇華回來了，她憤怒地瞪著我，「馮笑，你搞什麼名堂？怎麼把阿珠氣成了這個樣子？我拉都拉不回來。」

「蘇華，你今後多給她打電話吧，多關心她。」我歎息著說，心裏忽然有一種不安起來，我知道，這是因為我開始擔心阿珠。

蘇華看著我，「馮笑，你知道嗎？阿珠愛上你了，難道你真的不知道？」

我想不到她也這樣對我說，心裏頓時煩躁起來，「蘇華，你說，我有什麼值得她愛的？我的老婆陳圓，她就躺在我的臥室裏，至今昏迷不醒。我，我卻一次次地背叛她，四處留情。像我這樣一個薄情寡義的男人，值得她愛嗎？蘇華，你不也告誡過我嗎？讓我離她遠些，現在不是正好嗎？」

蘇華怔住了，一會兒後才歎息道：「馮笑，你做得對。」

莊晴忽然在旁邊說道：「馮笑，我馬上要回北京去了。」

我一時間沒有反應過來，因為我的腦海裏還在想著阿珠會去哪裏的事情。耳朵裏面聽見蘇華詫異地在問：「幹嗎這麼著急？」

「我今天接到了劇組的電話，他們讓我儘快趕回去。」她回答說。

我當然不相信她的話，不過我沒有阻止她，「莊晴，幾點的飛機？我送你。」

「不用了，我自己去機場。」她說，神情黯然，隨即去到她的房間。

蘇華看著我，「馮笑，怎麼回事？你怎麼不留住她？」

我苦笑著歎息道：「算了，天下沒有不散的筵席，隨便她吧。」

她歎息了一聲，「這下好了，全都走了，我覺得怪冷清的。」

「蘇華，你也該靜下來好好看看書了。我發現，你很容易受周圍環境的影響。蘇華，我希望你今後能夠從事自己的專業。我知道，你很熱愛婦產科，關鍵的問題是，你不應該這樣把時間浪費下去。」我隨即對她說道。

她看著我，「還說我呢，你不也一樣？」

我一怔，隨即點頭道：「是，所以，我也需要靜下來好好看書，搞好自己的科研專案。」

她去看窗外的風景，「馮笑，我覺得一個人真難，只要懶惰下來，就很難再回到自己原先的軌道上去了。是，我很喜歡自己的專業，但現在，我什麼都沒有了，真想就這樣混一輩子算了。其實，我蠻喜歡現在的生活，整天無所事事，身心都很輕鬆愉快。但是，我內心裏卻又有些不甘。唉！想我蘇華，怎麼變成這樣子了？」

我點頭，「你說得對，人都是有惰性的。不過，我倒覺得，你能夠認清自己的這個缺點就很不錯，一個人最怕的是不知道自己的不足。所以，我相信你今後會成功的。」

她歎息，「馮笑，你說我會成功嗎？如果我又失敗了怎麼辦？現在我很惶恐，很擔心自己再次遭遇到失敗。如果真的是那樣的話，我真不知道自己今後該怎麼活下去了。」

她的神情黯然，臉色灰暗。我知道，她這是對自己的前途充滿著失望與期冀所產生的內心矛盾，而且，是害怕再次失敗。

我看著她，真摯地對她說道：「蘇華，我覺得，一個人不存在失敗與成功的問題。這個世界上數十億人，每個人都有自己不同的生活方式。也許從傳統的角度上看，有的人成功了，因為他們當了官，或者賺了錢，或者成了專家，但是，難道其他的人都是失敗者嗎？難道那些所謂的失敗者都應該遭到自己和別人的鄙視嗎？難道這些所謂的失敗者都不應該繼續在這個世界上好好地活下去嗎？不，我覺得這個世界上，所有人都是平等的。」

她苦笑，「馮笑，這樣的話說起來容易，我也會說的。你不要生氣，我說的是，任何一個成功者都喜歡用這樣的話去勸慰失敗者。現在，你是成功者，而我卻是失敗者。」

我搖頭，「蘇華，也許你說的是普遍的現象，但我並不完全贊同你的話。因為我不是一個什麼成功者。蘇華，我只想告訴你一句話，希望你能夠記住。」

「什麼話？」她問道。

「這個世界上，每一個人都可能實現自己的精彩。當然，有一個人例外，那就是病床上的陳圓，她現在的人生處於暫時停頓狀態。而我現在最希望的事情，就是讓她儘快醒來，然後，重新開始創造自己精彩的人生。」我說，頓時感覺到自己的眼睛已經濕潤了。

「馮笑，你說得真好。我以前不知道你竟然這麼有內涵。」她歎息道。

我有些汗顏，「什麼內涵啊？我說的只是內心最真實的想法而已。」

她看著我笑，「我說的也是，你那樣的想法就是一種內涵。好了，別得意了，莊晴出來了。」

我急忙轉身去看，發現莊晴提著一只皮箱出來了。

我心裏不禁苦笑：難道今天是搬家的吉日？怎麼都走了？

「莊晴，我送你吧。」我對她說。

現在，我心裏面的煩躁情緒緩解了很多。

她並沒有拒絕，不過，也沒有答應。

她沉默著。

「再住幾天吧，你一個人去北京怎麼玩？」蘇華說道。

我頓時明白了：其實莊晴期待的並不是讓我送她，而是希望我能夠出言留她。

但是，我想到昨晚的一切，想到自己現在全身的痠痛感覺，便沉默了。

「算了，我在這裏會讓某些人不方便的。」莊晴說，聲音有些低。

我急忙道：「我可沒有這樣說。」

「我真的回北京有事情。馮笑，給你個面子，你送送本小姐吧。」莊晴忽然笑道。

我心裏頓時輕鬆了起來，隨即朝她伸出手去，「給我吧。」

在去往機場的車上，我問了莊晴一件事情，「那天，你剛到我家的時候，蘇華和阿珠怎麼一下就喜歡上你了？」

「蘇華和我很熟悉了，我們是故人重逢，她當然很高興了。阿珠一見我，就說好像在什麼地方見過我，不過，她隨即就想起來了，她說是在一本雜誌的封面見過我。馮笑，當名人還是很過癮的，你說是不是？」她回答說。

我恍然大悟。我說呢，那天她們三個人是這樣才變得那麼親熱的。

去往北京的班機，最早也得兩小時之後，我給莊晴買好了票。

「馮笑，你回去吧。阿珠說得對，你要注意自己的身體，你眼圈都黑了，這樣下去不好。」她對我說。

「沒事。」我淡淡地笑。

「如果是以前的話，我肯定會要你馬上去開一間鐘點房的，因為我現在很想要你。但是，我不能這樣做，你現在的狀況太虛弱了。」她說。

我不語，因為我確實不能再和她做那樣的事情了，不是因為其他，而是我自己也感覺到，身體已經吃不消了。

「馮笑，有件事情可能我做錯了。」她忽然地道。

我有些詫異，「什麼事情？」

「以前我和你經常做愛，一天晚上幾次，都沒見你變成這個樣子。我覺得自己不應該讓你和章詩語做那樣的事情。現在，我有些擔心這個丫頭是狐狸精。」她說。

我一怔，隨即便笑了起來，「莊晴，你開什麼玩笑？現在都什麼時代了？你怎麼還相信那樣的事情？而且，章詩語是章院長的女兒，還是你的遠房親戚呢。」

「殷紂王的故事你不知道？妲姬不就是狐狸精附體的嗎？」她說。

我更加哭笑不得，「莊晴，我服了你。你可要知道，《封神榜》可是小說，這個世界上哪來什麼狐狸精啊？」

「真的，我最近聽說過一件事。在四川一名女子，因二十五歲的丈夫被醫院診斷為性無能而向當地法院請求離婚，此時，二人結婚剛滿一百天。那個女子姓胡，三十歲，以前在夜店工作，後來辭職了。這個女人面容靚麗，身材姣好，皮膚吹彈可破。丈夫是長跑運動員。這個男人之前只知舞刀弄棒，並無男女經歷，但兩人經朋友認識後，一見鍾情，迅速結婚。婚後，男人發現男歡女愛的奧妙後，樂此不疲，新婚期間幾乎天天做愛，一天做很多次。男人覺得自己身體好，也沒吃什麼壯陽的食物。他們的鄰居經常抱怨二人白天深夜均傳出叫床聲，且聲聲不息，幾次交涉均無結果。

「不料，一個月後的某一天早上，那個女人摟住自己男人的脖子時，卻驚愕地發現，自己男人的頭髮全部白了，而且變得瘦骨嶙峋，有氣無力，眼神迷離。女人無奈之下只好叫救護車。

「醫生經過對她丈夫的徹底檢查後，確認男人已患上了很少見的怪病，而且，由於身體某個機能短期過度使用，導致其他身體功能迅速弱化，使他的身體水準處於七十五歲老人的階段。

「醫生說，這種病症發病機率很低，這個男人的性功能完全喪失，如果照顧得好能活五年，目前還沒有辦法治療。

「馮笑，你看，狐狸精真的有呢。看來古人書裏說的沒錯，女人吸取男人精華是可以養顏的，只是可憐了男人啊，悲劇。所以，你真得注意才是。」

我心裏想道：莊晴肯定不希望我去幫章詩語，所以才對我說出這樣危言聳聽的事情出來。

她只是想報復章院長，所以，現在當然不希望把她的那種報復變成對章詩語的幫助了。

其實，我很理解她的這種心情和想法。於是，我笑著對她說道：「莊晴，房事過度，本來就對身體有害。和什麼狐狸精完全沒有關係。我們都是學醫的，說話要客觀一點。不過，我今後一定不會和她再來往了。對了，這件事情本來就是你搞出來的，你怎麼反倒把事情扯到我身上來了？」

「馮笑，是我錯了，這個女孩子本來就淫蕩。你看她，眼睛看上去水汪汪的，這就是著名的桃花眼。哎，不說了。但願你今後能夠守住諾言，少和她往來。馮笑，不是我吃醋，我很認真地對你說這件事情呢。你看你和孫露露那樣，和那位女官員那樣，我吃過醋沒有？我是真的擔心你的身體。」她神情嚴肅地對我說道。

我心裏不以為然，不過，嘴裏卻在說道：「我知道了。」

一直和莊晴說著話，等到她進入登機口後才離開。

第六章

滾雪球的投資法

錢放在別人那裏，包括放在銀行裏面，都是死錢，
只有用來投資，才可以像滾雪球一樣很快滾大。
你發現沒有？這個世界上有一個奇怪的現象：
窮人喜歡存錢，但卻始終是窮人，
富人卻總是從銀行把窮人存的那些錢貸款出來投資，
結果富人越來越富。這其中的奧妙，你應該好好思考一下。

我很奇怪，莊晴叮囑了我很多話，卻好像並沒對我說不要去幫章詩語。我轉念想道：她可能也知道，即使她阻止也沒有什麼用處，因為她知道是林易在幫這個忙。

忽然想起，一直還沒有給林易打電話。

「昨天晚上聽了她唱歌，孫露露覺得不錯。」

「我已經知道了。孫露露給我打了電話。今天我已經給她聯繫了一位專業的聲樂老師，那位老師也覺得不錯。不過，還需要進行短期的培訓。估計章詩語已經報名了，其他的事情，我來安排吧。對了，我和你們章院長已經談了合作的事情，他主動提出來一件事情，就是讓你去組建新的醫院。所以，今後的建設，就由你具體和我們公司接洽了。我這邊準備派出上官琴和你那個熟人。」他說。

「我哪個熟人？」我頓時莫名其妙起來。

「你以前不是介紹了一個人到我的公司來嗎？叫童陽西的，你忘了？」他問道。

我忽然想了起來，「他怎麼樣？表現還可以吧？」

「表現不錯，就是太內向了些。」他笑道，「我想聽聽你的意見，因為我馬上要和你們醫院簽合同了。」

我笑道：「你和我們醫院簽合同，與我有什麼關係？那是你公司和我們醫院合作的事情。不過，林叔叔，我覺得我還是不要去參與這件事情的好，因為這樣一來，很容易讓人聯想到我和你的關係，這樣反而不好。」

他大笑道：「馮笑，有些事情，越是迴避就越容易引起別人的懷疑呢。就這樣堂堂皇皇做事情，多好？對了，你最近抓緊時間與洪雅商量一下章詩語的事情。章詩語準備參加兩個大賽，我一共準備了六百萬，其中，江南之星選拔賽只贊助五十萬，讓她得亞軍，然後，全國性比賽贊助五百萬。剩下的五十萬作為對洪雅的酬勞，你覺得怎麼樣？」

我有些詫異，「怎麼和前次說的不一樣了？」

「我想過了，酬勞和贊助要和付出的風險對等。江南之星選拔賽這邊，我已經與組委會談好了，五十萬就夠了。洪雅只是出個面，說到底，就是從她的帳戶上轉一下賬，很簡單的一件事情就賺五十萬，還要怎麼樣？何況，還有你從中斡旋。」他說。

「這樣吧，我問了洪雅再說。」我想了想，覺得他說的也很有道理。要知道，很多人一輩子都掙不到這五十萬呢。

「好，你和她談了後，馬上給我回話。」他說道。

我連聲答應，隨即給洪雅撥打電話。

她笑著問我道：「什麼事情？竟然主動給我打電話。」

於是，我把章詩語的事情對她講了，「沒辦法，只好請你出面了。」

「這件事情看上去很簡單，不過，我覺得好像有些不對勁。」她卻這樣說道。

「有什麼不對勁的？」我問道。

「林老闆吃肉，讓我喝湯，還是被加了水的清湯，我可不幹。這樣，你告訴林老闆，那個專案讓我入股，我就同意。」她說。

我頓時著急起來，「你入股了，就很容易被別人發現你和章院長的關係了。如果這樣的話，林老闆就自己去辦這件事情了，你說是不是這個道理？」

「這倒是。」她笑道。

「洪雅，幫幫忙吧。民政局那塊地的事情，畢竟人家給了我們這麼大的好處，而且，你還可以從中得到五十萬呢。不就轉一下賬嗎？」我說。

「不是轉賬這麼簡單的事情，一旦今後你那位章院長出事情，就會連累到我的。所以，那五十萬的酬勞，並不是人家白給我的。按照我的想法，至少得一百萬，才值得我去冒這個風險。不過，既然你出面說就算了，五十萬就五十萬吧。」她說。

我心裏頓時高興起來，「謝謝你。不過，章院長出事情的可能很小是不是？那五十萬相當於你白得的。」

「馮笑，你以為我看得上那五十萬嗎？對，你說得對，那五十萬也可能是我白撿來的。不過，我現在首先要考慮的是風險。如果風險很大的話，給我五百萬我也不敢要的。這個道理，你明白嗎？」她卻這樣說道。

「我明白了。」我說，心裏在歎息：看來她也是聰明人啊，而且，有著生意人的本性——做事情首先考慮的是風險，而不是那些花花綠綠的鈔票。

「馮笑，你手上現在有多少錢？」她隨即問我道。

「不多，你要用嗎？如果你需要的話，我都給你。」我說，絕不是虛情假意。因為她在金錢上對我一直那樣大方，所以，我覺得自己也不應該小氣。

「我手上最近有個專案，很賺錢的，如果你有錢的話，可以拿來投資。當然，我手上的錢確實不大夠，不過，我完全可以找銀行融資的。我的意思你明白嗎？」她說道。

「行。你什麼時候要？我把我的錢都給你拿來。」我說。

「你自己還是要留下一部分。有件事情你應該去和林老闆商量一下，就是民政局那個專案的部分利潤，可以讓他先劃撥一部分過來。現在專案已經動工，土建部分已經完成了三樓了，房屋也開始在預售了。」她說。

我頓時為難起來，「這件事情我不好說，他畢竟是我的岳父。我想，他應該主動辦好這件事情的。他的為人我很清楚。」

「馮笑，錢放在別人那裏，包括放在銀行裏面，都是死錢，只有用來投資，才可以像滾雪球一樣很快滾大。你發現沒有？這個世界上有一個奇怪的現象，窮人喜歡存錢，但卻始終是窮人，而富人卻總是從銀行把窮人存的那些錢貸款出來投資，結果富人越來越富。這其中的奧妙，你應該好好思考一下。」她說。

「好吧，我儘量抽機會問問他。」我頓時心動了，忽然想起，還沒問她究竟準備搞什麼樣的一個專案呢，「洪雅，你準備搞的那個專案是什麼？」

「你別管，我保證半年內給你百分之二十的回報，甚至更多。」她說。

「好吧。」我不好再問了。

有一點我非常清楚：在生意場上，我就如同一個小學生一樣無知。

隨即將車開出機場的停車場，我一邊給林易打電話，「洪雅同意了。」

「她是不是很不情願？」他問道。

「是，她覺得風險過大。」我說。

他頓時笑了起來，「這才是生意人嘛。不過，我早就知道她會看在你的面上答應的。」

我也頓時笑了起來，「說到底還是你最厲害，什麼事情都在你的預料之中。」

他大笑，「這點自信我還是有的。對了，你告訴她，民政局那個專案已經啟動，我最近安排了一千萬的資金給你們。你問問她，看怎麼操作。」

我大喜，因為我正猶豫著怎麼對他講這件事情呢，想不到他竟然主動提了出來。

他繼續說道：「我這樣做也是為了讓她和其他人放心，不然，今後怎麼進一步合作？」

我在心裏感歎他的智慧超群，「是這樣，生意人的信譽比什麼都重要。我想，這也是你成功的原因吧。」

他大笑，「我可是你岳父，你怎麼也這樣拍我馬屁？」

我禁不住也笑了起來，「正因為你是我岳父，所以我才更應該拍你馬屁呢。」

「有道理。」他的笑聲在繼續，「對了，醫院的專案有你的功勞，不過，我不能把其中的利潤直接劃撥給你，我還是擔心出事情。我看這樣，我用公司股份的形式替你考慮吧。」

「我們是一家人，沒必要算那麼清楚吧？」我說道。

「親兄弟還明算賬呢，這件事就這麼定了。還有一件事，常書記那裏馬上要進行舊城改造，你幫我問問她，看我們公司有沒有機會參與進去？」他隨即說道。

「好的，我問問。」我心情很愉快，想也沒想就答應了。

洪雅很高興，「太好了，這下我的資金夠了。」

「我這裏還有兩百萬，也交給你一併去投資吧。」我說。這筆錢是康得茂的，我不想一直放在我這裏，讓它們睡覺。

「好，什麼時候你劃到我賬上來，一會兒我把帳號發到你手機上面。」她說。

我提醒她道：「洪雅，你專案的事情最好給姐講一聲，畢竟……你應該知道我的意思。」

「當然。馮笑，實話告訴你吧，這件事情本來就是常姐安排的。」她說。

我頓時放心了。

隨即，我給康得茂打了個電話，「你的錢我準備拿去投資，不過，我不能告訴你具體的投資項目，因為我也不知道。」

他大笑，「我說了，那筆錢放在你那裏，投資的事情就是你說了算，我不管的。」

「你也太放心我了吧？」我笑道，心裏頓時有了一種感動。

「你辦事，我放心。」他大笑著說。

我不禁苦笑：這傢伙怎麼把我當成了接班人了？隨即問他道：「常姐最近忙嗎？」

「她今天到省裏去了，留下我在市裏值班呢。」他回答說。

「你太辛苦啦，抽空我來看你。」我說。

「最好今天就來，我一個人鬱悶死了。」他大笑道。

「我才不相信呢，你是大秘書長，整天那麼多人圍住你轉，怎麼會鬱悶？」我笑道。

「你不知道，雖然是有很多人圍住我轉，但是我不敢和他們交朋友啊！地方上複雜得很，見人只能說三分真話。美女很多，看得心癢癢，就是不敢和她們深入交往，我苦啊。」他大笑著說。

「好，那我今天晚上就過來吃飯，你叫上幾個美女來，讓我看看。」我大笑著說。

「就這麼說定了啊。」他說道。

我卻頓時猶豫起來。有時候就是這樣，雖然康得茂那裏離省城很近，但真要我走出省城這個範圍的時候總會覺得是出遠門。自己生活的這個地方彷彿有一道無形的牆，而這堵無形的牆卻是如此的讓人不想去跨越。我知道，其實這也是我們的惰性之一。

「馮笑，你怎麼變得婆婆媽媽起來了？說定了啊，我馬上打電話去訂吃飯的地方。」我正猶豫著的時候，聽到電話裏面的康得茂在大聲地說道。

「這樣，你別急，我給常姐打電話後再說，我找她有事情。」我說道。

「這樣啊，那還可以理解。」他笑道。

隨後，我開始給常育打電話。

「我在領導這裏彙報工作。」她低聲對我說道。

「我想和你說件事情，那以後再說吧。」我隨即說了一句。

「一小時後，你到我家裏去。」她說，隨即掛斷了電話。

我心裏清楚她讓我去她家幹什麼事情，心想：得馬上去買點藥來吃才行，現在，補腎是解決根本問題的方式，壯陽卻是釜底抽薪。

進入市區後，我放慢了車行的速度，終於在馬路旁邊看到了一家藥店。

停下車後，我朝藥店走去。

買藥的時候，售貨員用一種異樣的眼神看著我，我則神情自如。幸好我是婦產科醫生，對這種異樣的眼神早已經見怪不怪了。不過，我覺得這個售貨員很不合格：既然你要賣這樣的藥品，就不應該對顧客這樣。

出了藥店後，我到不遠的地方買了一瓶礦泉水，即刻將藥吃下。隨即，我將剩下的藥放在了車裏的儲物櫃裏面，想了想，在藥瓶上放了些東西遮上。

之後，我開車直接去到別墅社區。

在她家的樓下接到了一個電話，「馮笑哥哥，晚上我要和你玩。」是章詩語。

我心裏頓時顫抖了一下，「你爸爸呢？」

「他出差去了。」她說。

「你媽媽呢？」我又問。

「她要去打通宵麻將。」她回答，隨即在笑，「你要來接我啊，我們一起去喝酒。」

我：「……」

「馮笑哥哥，你很聽話的，是不是？」電話裏面傳來的是她蝕骨的聲音。

說實話，在接到章詩語這個電話的時候，我心裏還是有些興奮的，因為她畢竟是那麼漂亮。她的美與眾不同，她的容貌沒有半點瑕疵，看上一眼後，就會讓人情不自禁地產生一陣眩暈。

不過，我心裏想到她是章院長的女兒，這不禁讓我擔心。

但是，她的話裏明顯對我有著一種威脅的味道。我忽然感覺到，她的美麗其實包含著一種邪惡。我心想：難道女人如同毒蛇一樣，越漂亮就越有毒？

「詩語，我現在有事情，一會兒我給你打電話吧。」我找到一個藉口，雖然這個藉口只能暫時起作用，但這畢竟是一個藉口。

「好吧，那我一會兒給你打電話。」還好的是，她並不是那種不講道理的女孩。

「不，一會兒我給你打電話。」我急忙道，因為我不想讓常育知道這件事情。

「大概多久？」她問道，「這樣吧，六點鐘的時候，你不給我打電話的話，我就給你打過來。現在我去逛街了。」

「好吧。」我苦笑著說道。

「你真好，馮笑哥哥。」她笑著掛斷了電話。

常育家的門是鎖著的，我坐在車上等候。

她遲到了。

半小時後，她自己開著車回來了。她開的是一輛奧迪，黑色的。

她朝著我笑，「我該給你配一把鑰匙的。你這樣在這裏，別人看見了不好。」

「我直接開門進你家裏去的話，別人看見了更不好。」我說。

她點頭，「倒也是。」

跟著她進屋，隨即替她關上了房門，反鎖。

她轉身對我笑道：「你還真細心。」

我訕訕地道：「主要還是想到對你影響不好。」

她過來抱住了我，「馮笑，你能夠這樣想，我很高興。你要知道，只要我在，你就永遠不會出任何問題。」

我點頭，「我知道。」

「馮笑，來，給姐按摩一下。」她說，坐倒在沙發上，隨即躺下身去。

我將咖啡和茶放在茶几上面，然後坐到她身旁開始給她按摩，首先是按摩她的頭部，輕輕地揉著她兩側的太陽穴。

「姐，林老闆想去做你們那裏的舊城改造專案，他問有沒有機會。」我趁機問道。

「那是一塊肥肉，很多人都在盯著那個專案。以江南集團的實力來講，應該是沒有什麼問題的。不過，省市領導盯著的也很多，所以，我考慮把那個專案分解成很多小專案。即使一個小專案也是幾千萬的投資啊。這樣一來，就怕江南集團看不上了。馮笑，你不知道，官場上面的事情其實就是一種平衡，必須要考慮到多方面的利益才行。如果江南集團全部去做了的話，這個平衡就會被打破，到時候，肯定會出問題的。你把這個情況告訴林老闆，我相信他會理解的。」她說。

我點頭，「嗯，確實是這個問題。」

「馮笑，我可以給你一個專案，舊城改造中的一個專案。不過，你需要找一個信得過的人去做。洪雅不方便，因為很多人都知道我和她的關係。上次那個做公墓專案的老闆倒是合適，不過，我問過康得茂了，他承認那個老闆是他的關係。所以，這件事情，他去做也不合適。」她又說道。

我有些慚愧，「姐，對不起，我當時沒有告訴你那是康得茂的關係。因為我擔心你會因此對他印象不好。」

她在歎息，「馮笑，你想過沒有？我會那麼傻嗎？難道我會相信，你輕易就叫一個人來做那個專案？我肯定是要調查的啊。」

我更加汗顏了，「是，姐，今後我不會再瞞你了。」

「你給我揉揉肩膀。」她說，「你那同學倒是不錯。最近可能要把他調到省政府去。」

雖然這個消息康得茂曾經告訴過我，但是，我現在聽到她親口說了後，依然很高興，「姐，你捨得放他走啊？」

「黃省長要換一個秘書，我只有忍痛割愛了。」她歎息著說，「黃省長讓我給他推薦一位秘書，而且，要求是正處級幹部，年齡不能超過三十五歲。我覺得，只有他最合適了。」

「這倒是，今後康得茂就成了省領導身邊的人了，他的前途會無量了。」我說。

「馮笑，可能你不知道，黃省長最開始想要你的。結果，你不願意搞行政。」她忽然笑著說道。

我頓時訝然，「怎麼可能是我？我可是婦產科醫生，他讓我當秘書的話，會對他影響不好的。而且，我也不是公務員啊？」

「級別不是問題，如果他真的要用你的話，很簡單，讓你們醫院馬上提拔你當個什麼處長就是了。這對你們醫院來講，是一件非常容易的事情。你是婦產科醫生的事情也無所謂，他是男領導，別人不會說閒話的。最關鍵是，你自己不願意。」

她笑著說。

我頓時想起當時黃省長對我說的那些話來，突然有了一種如釋重負的感覺，「幸好我當時沒同意，不然的話，可就麻煩了。」

她笑道：「給他當秘書可是很多人夢寐以求的事情，想不到你卻棄之如履。黃省長也說你很另類呢。」

「另類？」我問道，心裏對這個評價不大舒服。

「你別覺得這個詞是貶義詞。另類也代表特立獨行，卓爾不群。黃省長對你可是交口稱讚的。馮笑，你想過沒有？那天晚上，他為什麼要把你們學校的黨委書記、衛生廳長、教委主任都叫去吃飯？還不是為了能讓你馬上擁有一個正處級的職務？如果你們醫院的職級不行的話，就馬上調你去衛生廳或者省教委。」她說。

「我很惶恐。姐，我想不到黃省長竟然這麼器重我，可惜，我只是一塊朽木。」我說道，心裏真的惶恐不安起來。

「一個人的品質往往只需要一件事情就可以看出來。就如同我最開始認同你一樣。黃省長看人可是很厲害的。」她伸出手來，輕輕撫摸了我的臉一下。

「那，康得茂去見過黃省長沒有？」說實話，我現在有些替康得茂擔心了。

「還沒有，可能就在年後吧。不過，我覺得沒什麼問題的。」她說，手已經來到了我的唇上，「你那同學什麼都好，就是有時候書生氣濃了些。不過，黃省長喜歡這樣的人，因為他也是從高校出來的啊。」

「這倒是。」我點頭。

「馮笑，抱姐去樓上，我太累了。」她隨即說道。

「嗯。」我答應著，隨即將她橫抱起來。

她閉著眼睛，嘴裏在喃喃地說道：「這樣真好，有人心疼的感覺真好。」

我心裏的柔情也開始升騰起來，「姐，你還是去找個人吧，這樣太孤獨了。」

「找不到合適的了，我這樣的人，就如同那些女博士一樣，差的男人我看不上，好的男人卻又看不上我。算了，就這樣過吧。」她歎息道。

「姐，我倒是聽說過一句話：這世上只有剩菜剩飯，不會有剩男剩女。我相信你一定會找到自己的另一半的。」我柔聲地說道。

「如果真是這樣的話，這個世界就不會有怨婦了。呵呵。馮笑，你別勸我了，我不會再找其他男人了。工作上太累，偶爾有你來安撫我一下就可以了。只是，我擔心自己今後老了，變醜了，你會不要我了。」她歎息著說。

我打開她的臥室，然後，將她放到床上，輕輕替她蓋上被子，隨即坐到她的床邊，「姐，怎麼會呢？」

「我相信你也不會。你和你前妻，還有現在妻子的事情，我都知道。你這人吧，雖然花心，但很講情義。好了，你回去吧，讓我好好休息一會兒。我看你今天臉色不對，你就不要和我親熱了。馮笑，你要記住，身體是自己的，比什麼都重要。」她說，睜開眼睛看著我，我感受到了她眼神中的柔情。

「嗯。」我說，心裏很慚愧。

「你回去吧，你家裏的那一攤子事情也夠你煩的。過段時間我給你打電話啊。好累……」她伸了個懶腰。

我替她壓了壓身邊的被子，「那我走了，姐。」

「對了。」她卻叫住了我，「兩件事情。第一是我剛才給你講過的那件事，你要找一位你信得過的人去做那個專案，很賺錢的。第二，你告訴林易，我那裏有個專案，倒是很適合他們江南集團去做。」

「什麼專案？」我問道，隨即又坐到了她的身邊。

「舊城改造結束後，房地產這一塊在我們那裏基本上就沒什麼市場了，最多也就是一些小專案。這樣的專案對江南集團不大合適。不過，他可以去兼併我們那裏的水泥廠，那可是個大專案。不說其他的，就是我們舊城改造所需要的水泥，就完全可以讓他大賺一筆了。而且，現在國家正在加大基本建設的投入力度，建築方面的原材料，今後會很有前景。」她說。

「需要投入多少？」我問道。

「至少上億的資金吧。我們那裏的水泥廠可是以前國家投入的大專案。唉！國企就是這樣，始終搞不好，而且還一直虧損。具體的你讓他去和我們發改委的負責人談，我給他們打個招呼。」她說。

「嗯。」我說，忽然想起一件事情來，「姐，林老闆安排了一千萬的資金，就是以前那個專案的。」

「我知道這件事情了，洪雅告訴我的。馮笑，你很好，今後這樣的事情都要告訴我，好嗎？」她說。

我點頭。

「好了，你走吧。姐要休息了，我好累。」她說，聲音聽上去虛弱無力。

我有些替她擔心，「姐，你沒什麼吧？是不是生病了？」

「沒事，我休息一會兒就好了，我不想說話了……」她的聲音越來越小，隨即就發出了輕微的鼾聲。

我輕輕走出了她的臥室，想了想，隨即去到下面的廚房裏面，找到了米，還發現了冰箱裏面的肉和菜。

我隨即熬了一鍋粥，做了幾樣口味清淡的菜。

我將菜和粥放到餐桌上後才離開。

看了看時間，還不到五點。

出門後，我替她把門關上，然後上車，緩緩將車開出了別墅區。

猶豫了片刻後，我才開始給康得茂打電話。

「我馬上到你那裏來，我要告訴你一個好消息。」

「什麼好消息?你快告訴我啊？」他很著急的語氣。

「你馬上要去當黃省長的秘書了，春節後就要找你談話，你可要準備一下啊。」我說。

「真的？」他驚喜地問道。

「是，我才知道的。一會兒我們見面後，我想對你說些事情。」我說。

「好，我等你。不過，這樣一來，我可不能叫美女來陪你了，這樣影響不好。」他說。

我將車靠邊停下，「算了，我不來了，我今天晚上還有事情。這樣吧，我就在電話上對你說就是了。得茂，你現在可一定要注意，特別是你和寧相如的事情，千萬不要讓她參與你手上的任何專案，明白嗎？」

「謝謝你的提醒。我還正準備讓她來做我們這裏的舊城改造專案呢，看來只有放棄了。」他說。

「是啊，你現在的錢已經夠花的了，沒必要為了錢影響自己的前途。」我說。

「我明白了，謝謝你。對了，你必須來啊，我聽到這個好消息很高興，我這地方又找不到說知心話的人。不行，今天晚上我們一定要在一起喝酒。你這傢伙，肯定不是什麼重要的事情，不然不會臨時說不來的。你坦白交代，是不是被哪個女人叫去了？這樣可不行，你傢伙不能幹出重色輕友的事情來啊。」他大聲地道。

「我真的拒絕不了。」我說。

「那你就把她帶來。是誰啊？我認識不認識？」他問道。

「不認識。」我說。

「那我就更想見見了。馮笑，你這傢伙，怎麼這麼厲害啊？肯定很漂亮是不是？」他問道。

我心想：帶章詩語去康得茂那裏或許更安全一些，畢竟那地方離省城較遠。

於是，我對他說道：「那我來了啊。」

「太好了，我把房間給你們開好。哈哈！你這傢伙！」他大笑。

我忽然想起一件事情來，「得茂，你準備讓寧相如去做舊城改造的專案，你有把握嗎？」

「當然，常書記準備把舊城改造的專案分成數十個小專案，除了中心地帶需要照顧省市領導的關係之外，其他地方的專案，我還是有信心的。怎麼？你也想做？」他問道。

「我哪裏有那個精力啊？而且，我也不是做生意的人。」我苦笑。

「這倒是。」他說，隨即問我道：「馮笑，你老實告訴我，你和孫露露是什麼關係？」

「你怎麼忽然想起她來了？」我詫異地問。

「你先告訴我再說。」他笑道，「她是不是你的情人？」

我猶豫著回答：「算是吧，怎麼啦？」

「你這傢伙，怎麼這麼厲害啊？這個世界的漂亮女人都成了你的情人了，你太過分啦！」他大笑。

我心裏一動，「你的意思是說，讓她去做那個專案？」

「聰明！」他大笑，「上次你帶她來吃飯，意圖很明確，是想把她介紹給我吧？」

我急忙地道：「得茂，你別誤會啊，我當時和她還沒有那樣的關係。我們可是老同學，好朋友，我絕不會把與自己有過關係的女人介紹給你的。」

「這我倒是相信。這樣說來，那個阿珠和你還沒有關係是吧？」他問道。

「當然沒有。不過她對你……」我說。

「我知道，你告訴過我。不過，我好像蠻喜歡她的。馮笑，你一會兒把她的電話給我吧，可以嗎？」他說，像是在哀求。

我想了想，覺得康得茂雖然結過婚，但他比較成熟，而阿珠缺少的正是這方面的東西，說不定兩個人還很般配呢。

於是，我即刻答應了，又對他說道：「得茂，這件事情我可不管啊，她畢竟是我導師的女兒。」

「我理解，我離過婚嘛，你也覺得我條件差了些。不過，我可不是想鬧著玩的，我是真的想找一位老婆呢。你不管，就是對我最大的支持了。」他說。

「謝謝理解。」我說，隨即問他道：「怎麼把話題扯遠了？你傢伙才是重色輕友呢。你告訴我，為什麼覺得孫露露合適去做那個專案？」

「上次你帶她來後，我悄悄去調查過她，所以對她的情況已經非常瞭解了。這個孫露露，以前經常替那些老闆陪客，雖然不是那麼亂來，但當老婆可是很不合適的了，而且，當我的情人也不行，因為她在外面的名聲不大好。不過，她見過很多場面，時間久了，對生意場上的事情也應該比較熟悉了。問題的關鍵是，你能不能夠控制得住她。既然她和你是那樣的關係，那麼，我覺得就很合適了。況且，她現在的單位是那個樣子，她上不上班已經無所謂了。你說是不是？與其如此，還不如讓她出來替你做事情。」他解釋道。

「你說得很有道理。不過，她不是替我做事情，是替我們。」我笑道。

「算了，我就算了。我是官員，這樣的事情還是少沾為好。你不是說過了嗎？我的錢已經夠用了，我這人很知足。」他說，「好了，別說啦，你快點來吧，我等你。我知道你的意思了，不想一會兒在酒桌上面談這些事情。」

我在心裏感歎他的聰明，於是連聲答應。

不過，我隨即又想到了一個問題，「得茂，你們舊城改造的專案什麼時候開始？現在註冊公司來得及嗎？」

「你傻啊？到時候掛靠你岳父的公司不就行了？」他說，「不過，馬上註冊公司也來得及，專案最快也得在今年下半年才開始招標，現在才做總體規劃呢。」

「我明白了，謝謝提醒。」我說。

其實我擔心的並不是公司的事情，更多的是在考慮資金的事。

我手上的錢已經不多了，康得茂的那兩百萬我已經答應劃給洪雅。不過，半年後就好說了，那時候，我的資金應該都回來了。

我頓時心癢難搔，很想馬上約孫露露見面。不過，想到章詩語今天要和我在一起的事情，我只好放棄這個想法了。

我歎息著給章詩語打電話，「你在家嗎？我馬上來接你。」

「馮笑哥哥，你真乖。」她在電話裏面笑。

「我們要去吃飯哦。我同學那裏。」我說。

「好啊，我沒意見。」她說。

第七章

今朝有酒今朝醉

今朝有酒今朝醉，今日有美女今日就享受。
可是，即使我已經明白了，又能怎麼樣？
難道我能克制自己的這種潛意識？不能，我做不到，
在我的心靈深處，在我的骨髓裏面，我需要這樣的墮落。
如同孤獨寂寞的人對毒品的需求一樣，
不是不想戒掉，而是已經不能。
所以，我心裏忽然湧起了一種悲哀。

半小時後，我接到了章詩語，然後開車出城。

「馮笑哥哥，你知道我今天為什麼這麼高興嗎？」她問我道。

「你別這樣叫我，讓我覺得你像小孩子似的，我有一種犯罪的感覺。」我苦笑著說。

我不敢去看她，因為她的美麗，容易讓我在駕駛中出現問題。

「嘻嘻！你真好玩。」她笑道，「你怎麼不問我為什麼這麼高興？」

我頓時笑了起來，「好吧，那我問你，章詩語小姐，你今天為什麼這麼高興啊？」

「因為我已經得到了音樂專業老師的肯定。馮笑先生，你說這件事情值不值得慶賀？」她一本正經地問我道。

我大笑，「值得，當然值得啦，一會兒我敬你的酒。不過，你馬上要參加比賽，喝酒好像對嗓子不好吧？」

「沒事，我的嗓子一直都很好。不過，我的專業是表演，這次參賽只是為了混個眼熟。馮笑，你說，假如我今後成了大明星的話，你會多榮幸啊。」她笑著說道。

我詫異地問：「我榮幸什麼？」

「你和我睡過覺，做過愛，難道不值得榮幸嗎？」她笑著問我道。

我不禁有些反感起來，「詩語，難道國外的女性說起做愛來，也像你這樣隨便嗎？」

「你以為我對所有的人都這樣說話啊？你是我的男人，我才這麼隨便呢。」她輕笑道。

我不禁汗顏，嘀咕了一句：「什麼你的男人啊？」

她看著我，「難道不是嗎？」

現在我發現，自己對付她的唯一辦法就是不去和她辯論，也不要去看她。可是，她卻靜不下來，「馮笑，我發現你很特別。」

我不得不說話了，「我有什麼特別的？」

「你不但有溫柔的一面，還有男人威猛的一面，讓人和你在一起後就覺得難以分開。真的，那天晚上，我剛回去就開始想你了。」她說。

「謝謝誇獎。」我淡淡地笑。

說實話，一個男人被女人這樣誇獎，還是一件讓人高興的事情。

「那天晚上，你讓我差點死去了。我還是第一次有那樣的感受。」她低聲地說。

我忽然恐懼起來，「詩語，你在國外經常和外國人做那件事情嗎？」

「什麼經常啊？偶爾，那種特別帥的我才看得上。」她笑道。

我心裏更害怕了，「聽說，外國人很多有愛滋病的。你不會……」

「你傻啊？我可是每次都要看他們的體檢報告的。我沒看你的呢，我還很擔心呢。而且，我回國的時候，在海關可是體檢過了的。你真可笑。我還這麼年輕，可不想為了肉體的歡愉毀掉自己的一生。」她頓時生氣了。

我放下心來，傻笑道：「沒有就好，沒有就好！」

「難怪國內的醫生到了國外後，只能當實驗員或者助手。看來，你們的水準確實是太差了。」她癟嘴道。

我一怔，隨即訕訕地道：「那也得看是什麼國家。國外的範圍太廣了吧？難道我們去到越南、剛果這樣的國家，也只能當助手和實驗員？」

她大笑，「馮笑，你更完美了，你竟然這麼幽默！」

我頓時哭笑不得。

不到七點鐘，我們就到了康得茂那裏。

康得茂看到章詩語的時候，頓時呆住了，「馮笑，你，你太那個了吧？這麼漂亮的女孩子，你是從什麼地方找到的？」

章詩語頓時笑了起來，大方地朝康得茂伸出手去，「你好，我叫章詩語，文章的章。」

康得茂慌不迭地去和她握手，「好名字，你真漂亮。」

我連忙咳嗽了兩聲，「得茂，你還是官員呢，怎麼這樣？」

我當然是開玩笑，不過，也是提醒他注意形象。

他急忙鬆開了章詩語的手，又咳嗽了兩聲，還搓了搓手，乾笑道：「呵呵！英雄都難過美人關呢，何況像我這樣的凡夫俗子？章小姐太漂亮了，讓我有些把持不住自己了，失敬啊。」

這下我注意到了，他好像是故意裝出這副樣子來的，不過，我也不說透他，因為他這樣做，畢竟讓章詩語感到很高興。

其實，我心裏也在想：像他這樣的人，還不至於因為女人的美麗而失態，要知道，他可是經過多種磨難過來的人，把自己的前途看得比他的生命還重要，更何況，他馬上要當副省長的秘書了。

據康得茂介紹，這地方是他們這裏最高檔的酒店。

我忽然想起黃省長那天說的典故來，於是笑著對康得茂說道：「得茂，你不該安排這樣的地方吃飯。吃飯嘛，還是有特色的地方好些。」

「為什麼？這裏很好啊？」章詩語詫異地問我道。

「就是，我安排這樣的地方，也是對你們的一種尊重啊。」康得茂說。

「據說，高級酒店會把菜品故意做得不那麼好吃。你們知道是為什麼嗎？」我故弄玄虛地問道。

康得茂笑道：「我還是第一次聽到這樣的事情呢。你說說，這是為什麼啊？」

「很簡單，凡是在這樣地方請客的人，大多是為了談重要的事情，因為這地方很高檔，很有面子，而且，也正如你剛才講的，是對尊貴客人的一種尊重。不過，如果這裏的菜太好吃了的話，就會轉移客人的注意力，客人會津津有味地、聚精會神地吃東西。這樣一來，就會影響到所要談的事情了。」「要知道，來到這裏吃飯的人可都是做大事的人，如果為了一頓飯影響了大事的話，就不划算了。」我說。

「有道理！馮笑，想不到你越來越厲害了啊，這樣的事情都被你分析出來了，佩服。」康得茂滿臉的詫異和嚴肅。

章詩語的眼神也變得崇拜起來。

我頓時不好意思了，隨即笑道：「我哪裏有這樣的水準？這是那天吃飯的時候，黃省長講的。」

「哦？」康得茂即刻慎重了起來，「馮笑，你快告訴我，那天他還講了些什麼事情？如果你方便說的話。」

章詩語頓時笑了起來，「想不到，你們說中國話，也用英語的語法。」

我和康得茂頓時笑了起來。

隨即，我把那天晚上黃省長的話複述了一遍，當然，只是那些典故方面的話。

康得茂聽後不住搖頭，「這位領導真不愧是從高校出來的，很有文化底蘊！唉！我得加強學習才行啊。」

我急忙咳嗽了兩聲。

他頓時醒悟了過來，「對了，今天想喝什麼酒？既然已經訂了這裏，今天就別換了吧？這裏安靜，而且不惹眼。小章這麼漂亮，到其他地方去的話，明天很多人會知道我今天晚上和一位漂亮女孩喝酒的事情了。這地方太小，好事傳千里，壞事情要傳一萬里呢。」

我笑罵他道：「你傢伙，說什麼啊？難道我是空氣？」

「怎麼和我在一起反倒成壞事了？」章詩語也不高興地道。

康得茂笑道：「好，我說錯了行不行？一會兒先罰我自己一杯酒就是。就喝五糧液吧，茅台可能小章喝不慣。」

「康大哥，今天你私人請客啊？」章詩語問道。

我頓時笑了起來，「他堂堂的市委秘書長，怎麼可能私人請客？還不是慷國家之慨？」

「當然是我私人請客啦，不過，我可以拿去報銷。」康得茂也笑道。

章詩語歎息道：「你們真腐敗，國外這樣可不行，官員花的每一分錢都是納稅人的錢，所以，納稅人可以隨時質詢。」

「那我就私人請你們好了，不報賬就是。」康得茂有些尷尬地道。

我覺得章詩語的話雖然有道理，但在這樣的場合說，就太不應該了。要知道，對於國內的官員來講，能夠報賬、有簽字權，可是一件值得驕傲和自豪的事情。

我正準備打圓場，卻聽章詩語笑著說道：「那怎麼好意思？我和馮醫生到你這裏來，當然得幫你消費一部分辦公經費了，不然的話，康大哥多沒面子？其實，我也就是說說罷了，我老爹也一樣呢，經常用公款請客。」

康得茂的臉色頓時好了許多，他詫異地問：「可以告訴我嗎？你父親是哪個單位的領導？」

我笑道：「是我們醫院的院長，我的頂頭上司。」

康得茂頓時驚異起來，他張大嘴巴看著我，半晌才朝我豎起了大拇指，「佩服！」

我當然知道他話中的意思，不過，我和他是好朋友，所以也就覺得無所謂了，反而還有些得意。

章詩語也聽出了他話中的意思，可她卻癟嘴說道：「你們就是這樣，總覺得男人和女人之間是女人吃虧，其實我不這樣認為。我覺得男人和女人發生關係，是一件相互的事情，是一種平等的關係，不存在誰划算，誰吃虧的問題。在家裏，我媽媽經常對爸爸說，我嫁給了你，你要對得起我父母。我就覺得奇怪，兩個人的婚姻應該是平等的嘛，怎麼我媽媽老是覺得吃虧了似的，真搞不懂。」

康得茂再次張大著嘴巴，他變得目瞪口呆起來。

我頓時大笑，「得茂，你別吃驚，她是從國外回來的，觀念上和我們有些不同。」

康得茂恍然大悟的樣子，「難怪。小章，你真好玩，剛才你的那些話，嚇我一大跳。」

「你覺得我很討厭是不是？」章詩語笑著問他道。

康得茂連連擺手，「不，沒有！我覺得你很好玩。不過，我很奇怪，馮笑這傢伙一副老實模樣，怎麼和你搞在一起了的？」

我頓時覺得康得茂的話有些過分了，而且，這完全不是他平常的風格，正準備說他幾句，卻看見他在朝我做怪相，心裏頓時明白了：他是為了讓章詩語高興。

可是，讓我萬萬沒有想到的是，接下來，章詩語卻這樣回答他道：「他還老實？你不知道……」

我大駭，急忙伸手去捂住了她的嘴巴。

康得茂滿臉的驚異，隨即猛然大笑起來。

我尷尬極了，「詩語，這是國內，你別這樣。今後你千萬要注意，聽到沒有？」

她癟嘴道：「你和他不是好朋友嗎？在國外的時候，我們好朋友之間從來都不忌諱說這些事情的。」

我頓時氣急，「這是國內！」

康得茂再次大笑，「太好玩了！今天我太高興啦！來，我們喝酒！」

幸好章詩語後來不再這樣了，不過，她說出的話還是時常讓康得茂大笑不止，而且，不斷地目瞪口呆、瞠目結舌。

這頓飯吃得很高興，我們的酒也喝得醉醺醺的。

最後，康得茂悄悄地對我說：「這個小姑娘不錯，很好玩。馮笑，你這傢伙真厲害，這輩子沒白活。這是房卡，就在這家酒店的樓上，你和她慢慢玩吧，我就不送你們上去了，免得別人看見了，說閒話。你放心，沒人敢來抓你們的，誰抓你們，我就去抓誰。哈哈！」

這是一間豪華套房，裏面的設施很不錯。

關上房門後，章詩語看著我笑，「馮笑哥哥……」

我禁不住打了個寒噤，「詩語，你別這樣叫我。」

她大笑，「好吧，那你想我怎麼叫你？」

「就叫我的名字吧。」我說，看著她那迷人的面容，我頓時心旌搖曳起來。

「那多沒情趣？這樣吧，我叫你Darling吧。蔣介石不是這樣叫他老婆的嗎？達令！多好聽！」她朝我媚笑道，同時過來將我抱住，她的臉在我的面頰上輕輕摩挲，「達令，我們一起去洗澡吧？ＯＫ？」

不知道是怎麼的，本來我激動不已的情緒，被她的英文弄出了一背的雞皮疙瘩。

好在，她身材高挑而白皙，曲線玲瓏，雙腿修長勻稱，前胸飽滿有型。這讓我在心裏暗贊：上帝是如此的不公平，竟然把一切美好都給了她一個人！

她發現我癡呆的樣子後，頓時笑了起來。

「我終於明白你那同學為什麼說你很老實了。你這副傻樣子哦！」

我看著她的笑容，喃喃地道：「詩語，你真美！」

第二天早上，我感到精疲力竭，不由得有些相信起莊晴的話來：這小丫頭真是太厲害了，她可不是一般的瘋狂。

康得茂這傢伙很懂事，他直到早上九點鐘才打來了電話。

「怎麼樣？還好吧？我擔心你太辛苦了，所以不忍心一大早叫你起來吃早餐。現在可以了嗎？我們去吃這裏的特色，肉絲麵。」

我忽然想起還要去醫院的事情，急忙道：「算了，我馬上要回去了。」

「那怎麼行？你到我這裏來，早飯還是要吃的。」他說。

「你真的別管了，我再睡一會兒就走。」我有氣無力地說道。

他大笑，「好吧，看來你真的是太辛苦了。」

我忽然想起一件事情來，「得茂，你別告訴任何人我到這裏來過。好嗎？任何人。」

「我明白，你放心好了。你離開的時候，把房卡放到櫃台就是了。」他的語氣很認真。

我忽然感覺到自己這次帶著章詩語到這裏來，有些孟浪了，心裏開始後悔。不過，這個世界上沒有後悔藥，所以一會兒後，也就覺得無所謂了。

章詩語雪白的雙臂露在被子外面，她翻了個身，「馮笑，你怎麼這麼大聲音啊？我還想睡會兒。」

「快起來，我要回去了。」我說。

她卻翻過身來將我緊緊抱住，「不，我還要。」

我不禁膽寒，「改天吧。」

她頓時笑了起來，「馮笑哥哥，你真厲害，我永遠都不覺得夠。」

我急忙推開了她，「改天吧，你要弄死我啊？」

「哈哈！好吧，今天放過你，不過，我還是那句話，今後我隨時叫你，你必須馬上來。」她大笑著說。

「怎麼可能？萬一我夜班呢？萬一我在做手術呢？」我說。

「好，只要不是那樣的情況，就必須來。」她笑道。

「我也不敢保證，萬一我還有其他的事情呢？」我苦笑道。

「那我不管，不然的話，我就告訴我爸爸說，你非禮我。」她在我耳畔輕聲說道。

猛然地，我感到自己的耳垂處一陣劇痛，禁不住大叫了起來。

她大笑，「這下你記住了吧？」

「你這丫頭，真是瘋了！」我氣急敗壞地道。

「你別生氣好不好？現在，你是不是覺得有精神多了？」她卻輕笑道。

我很詫異，「真的耶！這是為什麼？」

「虧你還是學醫的！我告訴你吧，人的耳垂上有很多穴位，這些穴位分別與你的各個臟器相通。我刺激了你的那些穴位，就讓你身體的那些器官頓時處於興奮狀態了。明白了嗎？」她說。

「有道理。」我恍然大悟地道，同時很詫異，「詩語，怎麼這樣的東西你也知道？」

「我懂的東西多了，今後你慢慢就知道了。」她得意地說道。

我不由得苦笑，「你這小丫頭，真是古靈精怪！」

雖然很累，但我還是去到了醫院。

「馮主任，你真是個好男人啊，肯定是你妻子的事情讓你太勞累了吧？你看你，眼圈都黑了。」值班護士憐惜地看著我說道。

我不禁汗顏，「是啊，沒辦法的事情。」

「現在，像你這樣的男人哪裏去找啊？要是我那樣了的話，我那男人肯定馬上去找小情人的！」護士笑著說。

雖然明明知道她說的不是我，但是，我聽起來覺得很刺耳，於是，我急忙去到病房看了一圈，然後離開了醫院。

在車上，我吃下了一大把補腎藥。

現在，我實在沒有精神去與孫露露見面了。

「馮笑，昨天晚上你到什麼地方鬼混去了？你看你，還要不要命啊？」蘇華一見到我，就這樣說道。

我很尷尬，「什麼啊？我喝醉了。」

她癟嘴道：「我可是醫生，還是女人，你騙別人可以，可是騙不了我。」

「真的，我喝酒去了，和我同學。」我堅持道。

「這樣啊。」她狐疑地看著我。

我頓時明白了：原來她是詐我的。

「蘇華，對不起，我太疲倦了，想休息一下，我剛剛去了一趟醫院。」我說道。

「你什麼時候開始上班？」她問道。

「後天。」我說。

「哦，那你先吃點東西吧，然後再去睡。」她說道。

我點頭，隨即去熱了些冷飯冷菜吃。

「你去睡阿珠睡過的那個房間吧，那個房間僻靜一些。下午，宮一朗要來彈琴，我又要隨時進臥室查看陳圓的情況，免得影響到你。」蘇華對我說道。

「嗯。」我覺得她考慮得很周到，「孩子怎麼樣？」

「很好，就是太喜歡睡覺了，今後肯定是個大懶鬼。」她笑道。

「新生兒都這樣，每天得保證十六到十八個小時的睡覺時間，現在正是他神經發育的期間，你知道的啊。」我說。

「開玩笑的，你快去睡吧。真是的，你這樣的情況就不該去醫院啊？」她說。

我不說話，因為我太累了。

結果，這一覺一直睡到晚上十一點才醒過來。

不過，醒來後，頓時感覺到全身通泰了，身心都很通暢的感覺。

蘇華給我熬好了稀飯，菜也做得很清淡。

我很感動，頓時感到了一種溫暖。

「你氣色好多了。馮笑，別喝那麼多酒好嗎？」蘇華坐到了我對面，她匍匐在飯桌上對我說道。

「嗯。」我說，心裏很慚愧。

「你老婆這樣子，孩子也還很小，而且，你還有自己的事業，身體對你來講很重要的，你千萬不能倒下。雖然我在替你做事，但是，不可能一直在這裏啊。平常都是你勸我，現在，你可要聽我的勸才是。」她又說道。

「謝謝你，我知道了。」我說，用柔和的目光去看她。

我的感動和感激是發自內心的。

吃完東西後，我去到了臥室裏面，我站在陳圓的面前，她依然如故。

我忽然有了一種想要痛哭的衝動。不僅僅是因為內疚，而且還有一種悲涼的情緒。我發現，自己真的已經墮落了，心裏非常害怕自己不能再堅持下去，不能把對陳圓還能再醒來的信念堅持下去。

現在，我有些明白自己墮落的原因了。

以前，當我和趙夢蕾結婚之後，我的背叛和墮落是因為心有不甘，那種心有不甘的原因是她曾經結過婚，再後來，也就是在我與陳圓有了婚姻之後，墮落是出於我對這場婚姻的輕視，而現在，我的墮落完全是一種失望。

在我的骨子裏面，一方面我後悔、內疚，而另外一方面，也對自己的婚姻及未來感到迷茫和失望。一個人在這樣的狀況下往往容易走向極端，因為，我已經從自己的骨子裏面有了一種渴望和需求，這種渴望和需求就是：試圖通過肉體的刺激去麻痹自己。不，還有折磨。我是在折磨自己。

今朝有酒今朝醉，今日有美女今日就享受。這或許就是我目前的心態。

可是，即使我已經明白了，又能怎麼樣？難道我能夠克制住自己的這種潛意識不成？不能，我做不到，因為我知道：在我的心靈深處，在我的骨髓裏面，我需要這樣的墮落。

這就如同孤獨寂寞的人對毒品的需求一樣，他們不是不想戒掉，而是已經不能。

所以，我心裏忽然湧起了一種悲哀。

蘇華在忙著，洗衣機正發出轟鳴聲。她在客廳裏不時地走動，一會兒給孩子餵奶粉，一會兒給他換尿布，最後，她打了一盆熱水去給陳圓揩拭身體。我就坐在沙發處默默地看著她，忽然讓我有了一種幻覺：我覺得她似乎才是這個家的女主人。

去到臥室裏，蘇華剛剛給陳圓揩拭身體完畢，正在給她扣上衣服的衣扣。蘇華看著我笑了笑。

我看見孩子正醒著，他那兩隻漂亮的眼睛正在骨碌碌地看著我，小手小腳在亂動。我發現孩子真的長大了不少，似乎已經和正常的孩子差不多大小了。很明顯，他的反應也很正常。

我用手指輕輕點了點孩子的嘴角，他的臉即刻朝著我手指的方向轉動了過來。覓食反射，這是我最喜歡和孩子玩的遊戲。

「兒子。」我輕聲地叫了他一聲。

孩子似乎聽懂了，他的手在朝我顫動著，似乎想要我去抱他。

我頓時激動起來，即刻俯身將他從小床裏面抱起來，猛然在孩子的小臉上親了一口。

讓我想不到的是，孩子卻在這一刻猛地大哭了起來。

「去去！你滿臉的鬍子，看你把孩子給扎的。」蘇華在旁邊笑罵道。

我尷尬地將孩子放回到小床上。

孩子依然在大哭。

蘇華去把孩子抱了起來，輕輕地抖動，嘴裏低聲在念唱道：「乖寶寶，別哭了，爸爸這是喜歡你。乖寶寶，別哭了，媽媽在睡覺。」

我看著蘇華，忽然發現，她的臉上正湧現出一種母性的光輝。

我頓時癡了。

「怎麼傻了？」她看著我笑道。

孩子已經睡著了，她輕輕將孩子放回到小床上。

我不好意思地笑了笑，「瞌睡又來了。你也辛苦了，早點睡吧。」

她看著我，半晌後才說道：「馮笑，你到我房間來一下，我想和你說點事。」

我點頭，跟著她出了臥室。

她的房間裏開著燈，床頭櫃上有好幾本專業書籍，其中一本書是翻開的，還有筆記本。

我笑道：「終於開始看書啦？」

「不看書還能幹什麼？我發現，自己差點成老寡婦了。」她說，聲音裏帶著一種落寞與哀怨。

我不知道該如何說下面的話了，只好淡淡地笑道：「別這樣說，你還這麼年輕，什麼老寡婦啊？」

她歎息道：「以前聽人講過故事，說一個老婦被當地人贊為節婦。有人問她，這麼些年是怎麼度過來的，老婦回答說，我每天晚上將一大碗黃豆灑落在地上，然後一顆顆去撿拾起來，黃豆撿完了，天也就亮了。馮笑，你知道我們女人寂寞的滋味嗎？」

她所說的那個故事，我曾經也聽說過，別人是當成笑話講的，但我聽了之後，只有一種悲愴的感受。

現在聽蘇華這麼說，我心裏的悲愴情緒頓時被她撩撥了出來，「蘇華，看書也是一種打發時光的好辦法，這不是一舉兩得嗎？不是我嘮叨，你還是趁年輕儘快找一個男朋友吧。」

「可是，我到什麼地方去找呢？」她幽幽地道，「這個世界這麼大，誰才是我真正的愛人呢？」

我心裏猛然地一動，「江真仁現在結婚了沒有？」

「不知道。你以為真的能夠破鏡重圓嗎？潑出去的水，要想收回來是很難的。」她歎息著說。

我似乎明白了，「蘇華，你心裏一直還在愛著他是不是？」

她苦笑，「對於我來講，現在哪裏還有資格去說那個『愛』字？」

「要不，我去找他談談？」我問道。

「有用嗎？我蘇華還不至於如此低聲下氣去求他吧？」她憤憤地搖頭道。

我心裏暗笑：原來她還是記掛著江真仁的，只不過覺得面子上拿不下罷了。

「蘇華，你不是說要對我說什麼事情嗎？你講吧。」我隨即問她道。

「沒什麼事。」她卻低聲地說。

「哦，那你早點休息吧。有什麼事需要我替你去做的話，直接告訴我好了。」我柔聲地道，心裏在想：明天，我一定去找江真仁談談。

「馮笑……」她卻欲言又止。

我看著她微笑，「蘇華，你有什麼事情就說吧。我們倆誰跟誰啊？你在我家裏整天忙，我心裏對你感激不盡呢。你有什麼困難的話，直接講好了，我會盡力給你辦好的。」

「這可是你自己說的啊。」她低聲地說。

我以為她真的遇到什麼困難的事情了，所以也就沒有在意，可誰知道，她接下來竟然這樣對我說道：「馮笑，我想請你陪我一晚上。我好寂寞、好孤獨。這個春節，雖然我是在你家裏過的，但我的心真的很孤獨，我好想有個人陪我一晚上。你剛才可是答應了我的，這也算是我目前的困難吧。」

我頓時怔住了，「蘇華，這……這是我家，陳圓和孩子都在隔壁呢。」

「我會留心隔壁的動靜，如果有什麼情況的話，我會馬上去看他們。」她低聲地道。

「不行，我會有心理障礙的。」我還是搖頭。

「我就是想你陪我一會兒，你躺在我身邊，讓我抱著你睡就行。」她說，臉已經變得通紅了。

我不忍再拒絕，因為我感覺到她內心的那種孤寂。其實，我自己何嘗不是如此？

第八章

金錢是男人的自信

我認為錢不是很重要，但如果能夠通過自己的運作，
讓金錢朝自己滾滾而來的話，那種感覺非常令人愉快。
金錢，除了可表現自身價值外，還可提高一個人的自信。
在我和章詩語的事情上，我就曾經想過，
如果她真要出現什麼問題的話，我可以拿個一百萬去處理。

房間的燈關掉了。

我躺在床上，她在我身旁，她的頭枕在我的臂彎裏面。

她在說：「馮笑，這樣真好。我現在終於覺得心裏踏實了。」

我卻在想著明天去找江真仁的事情，於是說道：「蘇華，我們這樣不好。」

「我們啥都做過了，現在還說什麼好不好的？我們都是成年人了，知道自己在幹什麼。馮笑，其實我也知道，你內心和我一樣寂寞的。我們這是何苦啊？你知道嗎？當初你叫我到你家裏來做這件事情的時候，我唯一想到的事情，就是今後可以和你在一起了，從此，我就不會再寂寞了。如果單純從工作的角度來講，我肯定是不願意來幹這樣的事情的。想我蘇華，曾經是醫學院的高才生啊，再怎麼也不至於甘心淪落到做保姆的工作吧？馮笑，我早想過了，只要你需要，我隨時願意來幫你的。」她在我耳邊幽幽地道。

我心裏頓時有了一種感動，手輕輕攏了攏她的身體。

她順勢朝我匍匐了過來，嘴唇到我的臉頰上輕輕吻了我。我內心的激情在緩緩聚集，情不自禁地側臉去和她的唇相接。我們的唇輕輕地相觸，舌尖在互相試探著纏繞，慢慢地，我們都適應了，一瞬間就變成了激情噴發，我們相互吸吮，我們的舌開始激烈地纏繞，我和她的雙手都開始去到對方的身體上面摸索……一切都是那麼的自然，沒有刻意，不知道在什麼時候我們已經赤裸相對，然後進入，然後開始緩緩而動，再然後我們已經靈肉相融。

我們都在壓抑，都不敢發洩出自己內心的呼喊，唯有把一切的一切化為肉體之間的碰撞，同時用心去體會對方給自己帶來的蝕骨快意。沒有變換任何的姿勢，就這樣，她在我身下，我重複著同樣的動作，只是速度和節奏上在改變。我們的唇一直沒有分開，和我們身體的下面一樣。這種感覺美妙至極。

我感覺到了，我和她今天已經與往常不一樣，也與自己和其他女人在一起的時候有所不同。我明白了，我們之間似乎已經有了情感存在。

我注入了自己的所有，她統統都接受了。黑暗中，窗外照射進來的餘光讓我看見，她的臉色似乎帶著笑意⋯⋯

第二天一大早我就醒來了，神清氣爽。她幾乎是和我同時醒來的，我們相視一笑。

她起床後熬了稀飯，做了幾樣菜。我吃完早餐後去往醫院，巡視一圈後給江真仁打電話。在打這個電話之前我猶豫了很久，因為我覺得自己給他打這個電話有些無恥。不過我想到蘇華的今後，想到她的寂寞，還是決定應該打這個電話。

電話通了，我忽然惶恐起來，但還是堅持著開口了，「在省城嗎？」

「不在，我在老家。」江真仁回答。

「你什麼時候回來？我想和你談點事情。」我說道。

「你是想和我談蘇華的事情吧？不是聽說她現在在你家裏當保姆嗎？」他說道，聲音冷冷的。

我更加不安起來，「江哥，你別這樣說，我怎麼肯讓她給我當保姆啊？她現在不是沒工作了嗎？我妻子昏迷不醒，所以才請她去照顧的。她是婦產科醫生，我覺得她暫時幹這個工作，待遇上我可以儘量考慮。而且，我已經說服她了，她準備今年去考博士呢。如果考不上的話，我會托人幫她安排一份專業性強的工作。」

「這樣啊，對不起，我說話不好聽了。對了，你找我什麼事情？」他的語氣柔和了許多。

我頓時鬆了一口氣，「是這樣，最近，我找蘇華談過一次，從她的話裏面，我聽出她心裏還是有你的。江哥，我不知道你目前是什麼狀況，我想，如果可能的話，你們還是和好吧。」

他在沉默，一會兒後，我聽到他說道：「馮笑，謝謝你的關心。不過，你想過沒有，我和你都是男人，有哪個男人能容忍自己老婆曾經對自己有過背叛？」

本來我想問他：你不也背叛過她嗎？但是，我沒有問出來，因為我知道男人的想法。

在背叛這個問題上，男人的想法都一樣，可以原諒自己出軌，但卻不可以原諒自己的女人做出同樣的事情。

這不是自私，而是男人的霸道。

想了想後，我說道：「江哥，我完全理解你。不過，我覺得你們之間都應該給對方一個機會。俗話說，一日夫妻百日恩，這種夫妻緣分，可是幾世修來的福分啊，你說是嗎？」

「你讓我想想吧。」他沉默了一會兒後才說道。

我大喜，「好吧，你回來後，有空我們一起吃頓飯。你到我家裏來也行，我們去外面也可以。」

「再說吧。」他說，「馮笑，最近我可是聽說了，你在外面有很多關係是不是？你知道，我是搞設計的，你那裏能不能幫我找些關係讓我替一些工程搞搞設計？現在的工資太低了，物價又這麼高，我想攬點私活。」

「嗯，應該沒問題。現在我手上馬上就有幾個專案，到時候我聯繫你。」我說。

他頓時激動起來，「你說說，都是些什麼專案？難度大嗎？」

我笑道：「應該不大吧？都是房屋設計。一個專案是我們醫院的分院，目前初步安排了我去籌建。另外一個專案是舊城改造方面的，對你來講，應該都不算大問題吧？」

「太好了。不過，舊城改造專案一般是當地政府請大型設計單位做方案吧？」他問道。

「我也不懂，不過，我說的是舊城改造裏面的一部分。我想，開發商應該有權決定具體的設計方案吧？」我說。

「這倒是，大的規劃和設計方案必須由當地政府制定，具體細節，當然由開發商自己找設計單位設計了。只不過，最終需要由當地的規委會審定。這個難度比較大，因為規委會一般是由當地的黨委一把手擔任，很多設計方案都會被Pass掉的。」他說。

「那沒問題，當地的市委書記是我好朋友。」我笑道。

「馮笑，想不到你這麼厲害。太好了。這樣吧，我回來後馬上與你聯繫。」他頓時高興起來。

「你和蘇華的事情……」我問道，頓時覺得自己很無恥。

「也許……我們還可以再戀愛一次，看還有沒有感覺吧。」他說。

電話通完後，我卻發現自己高興不起來，因為我總覺得，這件事情好像是一場買賣。

歎息了許久後，我給林易打電話。

昨天，常育告訴我的事情一直還沒有來得及告訴他。

「昨天我和常姐見了一次面。」電話通了後，我說道。

「你在什麼地方？」他即刻打斷了我的話。

「在我辦公室。」我說。

「好，我馬上過來。」他說，隨即掛斷了電話。

我頓時明白了：他是不想在電話裏和我談這樣的事情。

半小時後，他到了，「我就在附近不遠。怎麼？你已經開始上班了？陳圓怎麼樣了？我和你施阿姨最近一直不得閒，你施阿姨昨天晚上還去看了陳圓的。唉！馮笑，委屈你了。」

「蘇華怎麼沒有告訴我？」我詫異地問。

「是你施阿姨不讓她告訴你的。現在陳圓這個樣子，我們一方面很傷痛，另一方面，又覺得對不起你。我對你施阿姨說了，讓她不要管你的私生活，這也算是我們對你歉疚的補償辦法吧。」他說。

我覺得他的話說得有些繞，但他的意思我完全明白了。

我不得不沉默了。

「說吧，你和常書記怎麼談的？」他問道。

我把昨天常育對我講的情況完完整整告訴了他，最後說道：「常姐說了，你一聽就知道是什麼意思了。林叔叔，我是不大懂。」

「這是一個非常不錯的專案。」他沉吟道，「我的企業主要是從事房地產項目的，今後在建築材料方面，會因此節約很大一筆成本。而且，一旦我擁有了那家水泥廠的話，今後上市就更有籌碼了。太好了！馮笑，這件事情你真是立了大功了。唉！你要是來給我當副總的話，就太好了。我無兒無女的，今後的企業還不都是你的？」

我搖頭，「我說過了，我對那樣的事情不感興趣。林叔叔，您還年輕，應該想辦法自己生一個孩子才是。我這人從來有一個原則，不是自己掙來的錢，絕不去拿。不然的話，我會心裏不安的。」

「你呀。」他歎息道，「人各有志，我也不強迫你了。馮笑，你知道我最欣賞你什麼嗎？就是你的人品。」

我不禁汗顏，「林叔叔，我很慚愧。」

他笑道：「男人嘛，花花草草的也無妨，只要做人方面沒問題就行了。一個人怎麼對待朋友、親情以及金錢，這決定了一個人的人品。我對你很瞭解，你這些方面都是很不錯的。」

「您過獎了。」他的話讓我心安了許多，心裏也高興了起來。

「就這樣吧，我讓人春節後就去和那邊聯繫。對了，我和你們醫院的那個專案，你千萬不要推辭，你當籌備組的負責人我心裏才放心。嗯，這樣，你看，如果我讓童陽西去負責水泥廠的專案，怎麼樣？」他隨即問我道。

「他？太年輕了吧？而且，經驗好像也不是很足夠。」我驚訝地道。

他頓時笑了起來，「馮笑，你知道我的企業為什麼發展這麼快嗎？就是我不但善於用人，而且還敢於用人。這個小童很不錯，雖然內向了些，但他做事情很沉穩，思慮也比較周詳。好，就這樣定了，到時候，我再派一個經驗豐富的人去協助他就是。」

我也笑道：「這是你公司的事情，我不發表意見。」

他即刻正色道：「什麼我公司的事啊？你現在可是我公司的股東之一呢。」

我不好再說什麼了。

他準備離開，我忽然想起一件事情來，「林叔叔，還有件事情。」

他轉身，「說吧。」

「常姐那裏的舊城改造專案，她準備給我其中的一小塊。我想了一下，準備讓孫露露去幫我做。您覺得她合適嗎？」

「孫露露？」他問道，臉上怪怪地笑。

我有些不好意思起來，他卻繼續地說道：「這個女孩子倒是不錯。到時候，由你全額投資吧？」

我點頭，「她又沒有錢。」

「既然是常書記安排的專案，你不做的話就太可惜了。常書記說得對，那樣的項目，我們公司去做不大合適，影響也不好。這樣，第一，你要先註冊一家公司，法人可以考慮孫露露，因為你出面不大好。第二，註冊資金搞大一點，起碼一千萬吧。」他說。

我頓時嚇了一跳，「一千萬？我哪來那麼多錢？」

「這倒很簡單，到時候從我的賬上給你劃一千萬過去，等公司註冊完畢後，你馬上給我劃回來就是，很多註冊公司都是這樣做的。第三，到時候，我給你派一位財務總監過去。馮笑，公司的法人雖然重要，但財務總監才是最重要的。你明白嗎？」他又說道。

我似乎明白了，隨即點頭。

他笑道：「不過，那位財務總監的工資可得由你開哦。他拿了你的錢，才會踏踏實實地給你辦事。哈哈！你說，是不是這樣？」

我也笑，「是，沒問題，具體的事情，我今後再來請教你。唉！想不到做生意這麼麻煩。」

「賺錢嘛，當然麻煩了。不過，只要你熟悉了，就覺得很簡單了。真正賺錢的人是不會覺得麻煩的，而且，最精明的生意人從來都不覺得自己有多累，因為他們使用的是這裏。」他指了指他的頭說道。

我笑著點頭道：「有道理，比如說你自己。」

「今天我太愉快了，可惜晚上我有其他的安排，不然的話，非得和你去喝酒不可。走啦，有事隨時給我打電話。」他笑著說。

他離開了，我看著門口處，傻笑了很久。

接下來，我給孫露露打電話。現在，我已經決定下來，自己未來的公司就讓孫露露去操作了。既然林易都說她可以，我還有什麼值得擔心的呢？更何況，林易已經替我想好了杜絕出問題的措施。我心想，看來還真是那個道理：有些被認為很難的事情，在內行人眼裏根本就不算是一回事。

不過，我更高興的是，我可以親眼看見利潤的到來了。

以前，我一直認為錢不是特別重要，但如果能夠通過自己的運作，讓金錢朝自己滾滾而來的話，那種感覺還是非常令人愉快的。

金錢，除了可以體現自身價值之外，還可以提高一個人的自信。比如，在我和章詩語的事情上，我就曾經想過，如果她真要出現什麼問題的話，我可以拿個一百萬去處理。

現在，我有了這個底氣。

看來，金錢對於男人來講，更多的是代表一種自信。

我得意洋洋地在辦公室想著這些事情，心情非常愉快。

之後，我撥打了孫露露的電話，「中午我請你吃飯。」

這是一種命令的口氣。

「馮大哥，中午我有事情。」她卻如此說道。

我頓時不悅，滿心的愉悅頓時變成了憤怒，「隨便你吧。」

「馮大哥，我真的有事，我要去火車站接我媽媽。」她說。

我心情頓時好了起來，「這樣啊，那我開車，我們倆一起去接。然後，我請你媽媽吃飯。」

「不，我怎麼給我媽媽介紹我們之間的關係呢？」她問我道。

我頓時怔住了，「露露，我確實找你有事情，我想請你代表我去成立一家公司。」

「馮大哥，對不起，我知道你對我好，但是，今天中午我確實沒空，明天可以嗎？」她說道。

我更加憤怒，即刻掛斷了電話。

本以為她會打過來，但是，我錯了，一直到晚上，她都沒有打電話過來。

我堅持著不主動給她打電話。

然而，我失望了。

昨天晚上鬱悶了一夜，早上，我和蘇華說了和江真仁通電話的事情。當然，我沒有向她談及江真仁讓我替他攬私活的事。

蘇華聽了後沒有說什麼，只是默默看了我一眼，就回到了她的房間裏。

我不知道她究竟是什麼想法，於是便跟了進去。

然而，她卻是在哭泣。

「蘇華，你怎麼了？」我去坐到她的身邊，低聲問她道。

「馮笑，我現在很矛盾。」她抽泣著說。

「既然江真仁願意再和你重續前緣，這不是很好的一件事情嗎？其實我也知道，你心裏還有他的。」我說。

「我，我想到今後我們不能再在一起了，心裏忽然有些失落。馮笑，你知道嗎？自從我和你在一起後，就再也忘不了你了，因為我……算了，不說了，說起來我覺得丟人。」她停止了抽泣，滿臉的羞意。

這下，我倒是感到奇怪了，「蘇華，你這話是什麼意思？」

「馮笑，你再陪我一晚上吧。」她卻這樣說道。

我覺得自己給江真仁打電話就已經很無恥了，所以，我直接拒絕了她，「蘇華，我不能再這樣了，我總覺得自己在破壞你們的婚姻。」

「馮笑，江真仁是你的朋友嗎？」她卻這樣問道。

「蘇華，如果你真想要恢復你以前的婚姻，那麼，從此就不應該再背叛江真仁，否則的話，你們的婚姻還會遭受失敗。你說是嗎？」我說。

「難道你就真的以為我們的婚姻還可以恢復嗎？馮笑，你也是男人，你應該清楚你們男人的心理，像我這樣的女人，是永遠得不到他的諒解的。除非我今後重新去找一個男人。」她說。

我頓時默然。

她隨即過來抱住我，並對我說了一句話，「馮笑，你知道嗎？在我和你相好之前，我從來沒有過高潮，是你讓我感受到什麼叫真正的快樂。」

我頓時呆住了，她卻已經開始熱吻我，我的心頓時被她融化了。

事後，我鬱鬱地對蘇華說道：「我們這樣下去不行了，你會把我拖到萬劫不復的深淵的。陳圓就在我們隔壁，而我卻幾乎是當著她的面在背叛她。蘇華，這是我們最後一次這樣了，今後再也不能做這種事情了。好嗎？」

她歎息，「我真想和你一起私奔。」

我不語。

她又說：「不過，我知道你心裏看不上我。我沒有莊晴漂亮，也沒有你和陳圓那樣的感情，即使你今後重新選老婆，隨便怎麼也輪不上我的。不過，我已經很知足了。馮笑，這樣吧，我就一輩子當你的情人。」

「不。」我搖頭，「蘇華，你應該有你自己的婚姻。你是我學姐，我不能成為你婚姻的破壞者。」

「我去做飯，吃飯後，你去上班吧。」她說。

我唯有歎息。

今天是我新年後第一天上班的日子，同時也是我的門診。忽然發現，今天的病人很多。可能是春節期間人們大吃大喝或者閑下來後造成的問題。當然，現在已經進入到了春季，這個季節本身就是各種疾病的多發期。我看的是專家門診，所以，病人就更多了。現在，看病也和人們的消費觀念緊密相關，人們常常覺得，價格貴的總是好的。

在上午十點過的時候，進來了一位病人，一看到她，我頓時呆住了，因為她竟然是童瑤的媽媽。

她第一眼沒有認出我來，因為我戴著口罩。

她進來後的第一句話是：「咦？怎麼是男醫生？」

我還沒有來得及回答，就聽到她驚訝地對我說道：「你，你不是馮笑嗎？」

我即刻取下口罩，笑著招呼她道：「阿姨，您好。您哪裏不好？我給您找其他的醫生看吧。」

她愣愣地看著我，滿臉的驚訝，「你怎麼在這家醫院？你和童瑤合起來騙我！」

旁邊的護士不明就裏，可能見到她是我的熟人，於是就在旁邊說了一句：「這是我們馮主任。」

我沒有責怪護士的多嘴，只是朝著童瑤的媽媽微笑。

「馮笑，究竟怎麼回事？」她用責怪的語氣問我道。

我不知該怎麼回答，於是，柔聲地對她說道：「阿姨，我現在上班，我讓童瑤回家後告訴你好不好？這樣吧，我隔壁的魯教授很不錯，我請她給您看好不好？」

她狐疑地看著我。

我有些惶恐，急忙到了隔壁的診室，「魯老師，麻煩你幫我看個病人，我的熟人。」

她當然不會拒絕，畢竟我是科室負責人。

童瑤的母親進去了，我即刻返回到自己診室，隨即吩咐護士：「等一會兒叫號，我打個電話。」

「童瑤，麻煩了，你媽媽到我們醫院來看門診，竟然進了我的診室，她認出我來了。」電話通了後，我急忙對她說道。

「啊？那怎麼辦？」她的聲音頓時慌亂了起來。

「就是啊，我給她找了另外的醫生，現在正看病呢。剛才，她責怪我們兩個合起來騙她呢。我對她說了，等你回家後給她解釋。」我說。

「你怎麼把事情往我身上推？」她有些氣急敗壞。

我苦笑，「我不往你身上推，我怎麼給她解釋？」

「真是的，她跑到你們醫院去幹什麼？唉！都怪我。昨天晚上她說讓我給你打電話，說要到你們醫院去看病。上次我們不是騙她說，你在一家省立醫院上班嗎？我哪裏敢讓她去找你？那樣的話，豈不是把我們的謊話給揭穿了？於是，我就告訴她說，你回老家還沒有回來。真是的，她怎麼跑到你們醫院去了？而且，你又正好上門診！真是的，這老天怎麼專門和我過不去？」她的語速極快，而且更加氣急敗壞。

「你們家距離我們醫院最近，她當然只有到我們醫院來了。我是婦產科醫生，她碰見我也很正常。」我說，「你好好想想吧，怎麼給她解釋。」

「還能怎麼解釋？就說我們吹了，就說你父母不同意。」她說。

「我覺得這個理由不大好，我父母又沒有見過你，怎麼會不同意？呵呵！我說的是，你媽媽可能會這樣想。」我不贊同她的這個想法。

「就說你父母不同意你找一個女員警。」她又道。

我頓時哭笑不得，「我父母又不是罪犯，怎麼會這麼反感女員警？」

「那你說怎麼辦？」她說道。

「這件事本來就是你搞出來的，你自己想辦法解釋好了。」我也深感頭痛。

「喂！馮笑，你還是不是男人？」她在電話裏大叫。

我苦笑著思索，「童瑤，現在唯一的辦法就是告訴你媽媽，說你不喜歡我，因為我是婦產科醫生，我的職業讓你很反感。或者，你隨便說我不好的地方吧，隨便你說。」

她頓時笑了起來，「好主意，我說你很花心。哈哈！好辦法。」

我頓時怔住了，隨即不住地苦笑。

忽然想起一件事來，「童瑤，你那表弟在江南集團的表現不錯，我岳父馬上要把他提拔成一家分公司的老總了。」

「是嗎？太好了。到時候，我讓他請客。」她頓時高興了起來。

「請客就不用了，他才參加工作不久，還是不要讓他多花錢了吧。」我笑著說，「好了，我得給病人看病了，外邊的病人等太久都有意見啦。」

我確實聽到診室外邊傳來了病人的吵鬧聲。

掛斷電話後，我吩咐護士開始叫號。

不多久，童瑤的媽媽又來了。

我熱情地招呼她，「阿姨，您是什麼問題？」

「你不是說你是外科醫生嗎？怎麼在這裏上班？」她問我道。

「現在很多人不能接受一個男人幹這樣的工作。」我說，「阿姨，把您的檢查結果給我看看好嗎？」

她遞給我她的門診病歷和檢查單，嘴裏還在說道：「就是，你一個大男人，怎麼幹這樣的工作？」

我苦笑，沒有回答她，隨即去翻看手上的這些東西，「就是一般的炎症，問題不大。」

「我平常很注意個人衛生的啊，怎麼還會有炎症？」她問道。

「原因很多，很可能與激素的水準，還有您使用的婦女用品有關係。這樣吧，我再給您開一張化驗單，查查您的激素狀況，可以嗎？」我說道。

「好吧。」她同意了。

「您回去休息吧，要明天才能拿到檢查結果。明天我在病房上班，到時候，我替您去拿也行。」隨後我說道。

「還是我自己來拿吧。馮笑，你和童瑤究竟是怎麼回事？」她問我道。

我急忙支開了護士，然後回答道：「我們分手了。阿姨，沒什麼。」

「為什麼啊？」她問道。

「您自己去問童瑤吧。阿姨，我在上班，對不起。」我說，心裏有些慌亂起來，因為這件事傳出去影響不好，畢竟我是已婚男人，而童瑤還是員警。

她離開了，我長長鬆了一口氣。

第九章

假男友

在得知我已婚，童瑤的母親厲聲地問我們道：
「你們兩個人是什麼關係？瑤瑤，你不會和有婦之夫鬼混吧？
你應該知道，你是員警，怎能做出喪失道德的事情呢？
還有你，竟然還有臉跑到我家來！你給我滾！
明天，我要去你們醫院告你！」

中午下班之前，孫露露終於給我打來了電話。

我有些惱怒，本不想接聽的，但卻硬不下心來。

「馮大哥，對不起，昨天我接媽媽去了，一下午加上晚上，都在陪她熟悉周圍的環境。馮大哥，請你原諒。」她說。

我覺得這倒也情有可原，畢竟，她那麼孝順。

以前聽別人說過一個觀點：孝順的人，再壞都壞不到哪裏去。於是，我說道：「那你看吧，什麼時候有空？我想和你談件事情。」

「中午吧，我陪媽媽吃了飯就出來。」她說。

「我要休息啊，還有一下午的門診。」我說。

「那就晚上吧，不過，我不能陪你吃晚飯了。媽媽才來，我不想讓她一個人在家裏吃飯。」她說道。

「這樣吧，我馬上下班了，我在電話上給你說說。」我說道，雖然明知在電話上講這件事情不大合適，但卻又沒有其他的辦法。

「馮大哥，或者你到我家來吃飯吧。我媽做的飯菜，味道很不錯的。」她說。

「你怎麼介紹我們的關係？」我低聲地問。

「就說你是我好朋友啊。」她笑道，隨即告訴了我她家的地址。

「好吧。」我說，心裏卻有了另外的主意。

下班後，我直接開車朝孫露露家裏而去。中途，我去到一家商場買了些年貨。

孫露露給我開的門，她身後是她的母親。

老太太很精神的樣子，個子也很高。

我笑著對她們說道：「我來給你們拜年。」

「媽，這是馮醫生。上次我生病就是他幫的忙。」孫露露急忙把我介紹給她的母親。

「哎呀！那應該是我們去給你拜年才對啊。」她母親說道。

我心想：這樣一來，她可能會更加懷疑我和孫露露的關係了，於是急忙地道：「我可是無事不登三寶殿呢，我來是有事情要麻煩您女兒的。」

她這才恍然大悟的樣子，「這樣啊，你吃飯了沒有？」

「媽，人家是我專門請來吃飯的。」孫露露笑道。

「你看我！真是的，馮醫生，讓你笑話了。快來坐吧，我剛剛做好了飯菜。隨便吃點啊。」老太太說。

還別說，老太太做的菜，味道真的很不錯，我一連吃了兩碗飯，準備再去添的時候，老太太歉意地說道：「不知道你要來，米飯煮少了，我去下麵條吧。」

我很不好意思，「是我太饞了。」

孫露露大笑，「馮大哥，我不知道你飯量竟然這麼大。」

我也笑，「我倒是吃飽了，不過，讓你們餓肚子了。」

「沒事，我馬上去下麵條。馮醫生，你還吃點吧。」老太太「呵呵」地笑。

「不吃了，主要是您做的菜味道太好了。」我笑著說。

「我媽媽下的麵條，味道更不錯呢，你嘗點。」孫露露說。

「是吧？那我再吃一碗。」我笑道。

在吃飯的時候，我根本就沒想到要去談事情。由此，我更加相信那些高級酒店是故意把菜做得不那麼好吃了。

老太太進廚房去了，我這才把自己的想法告訴了孫露露。最後，我說道：「露露，你那單位現在就那個樣子，與其在裏面混日子，還不如出來做點事情，你覺得怎麼樣？」

「你的意思是，讓我辭職？」她問道。

「難道，你還留戀你那單位不成？」我笑著問她道。

「我們單位雖然差一點，但是好玩啊。平時也沒多少事情，起碼還是國家的正式職工吧？何況，我從小學唱京劇，對這個職業還是很有感情的。」她說，「不過，你說的事情我倒是可以考慮，而且，也不用辭職。但是，我很擔心自己是否有這個能力。」

「我岳父都說你合適呢。你知道，他看人很準的。」我說。

「是吧？我可是有些受寵若驚了。」她笑著說，隨即問我道：「那麼馮大哥，你準備給我多少工資呢？」

「兩種方式。」我說，這個問題我早就想好了，「一是給你工資，二是給你股份。今後你是公司的法人，日常的費用，你自己就可以簽字報賬。」

「最好兩者結合吧，我現在還需要還房貸呢。」她說。

我點頭，「行，那這樣，我每個月給你三萬塊錢的工資，然後，再給你百分之十的股份。怎麼樣？」

「馮大哥，你太慷慨了，這麼多啊？」她頓時高興起來。

我笑道：「如果你幹得好的話，我還會給你獎金的。」

「太好了，這麼好的工作，我幹嗎不做？」她笑道，「而且，我一定爭取做出好成績，為了你的獎金。」

「我相信你。」我說，「不過，有句話我可是要先說在前面，雖然你是未來公司的法人代表，但你自己要擺正你的位置，大筆的開支，要經過我的同意才行。」

「那是當然，你可以派人監督我。」她點頭道。

「你有這個態度就好，那我就什麼也不擔心了。現在的事情是，你要先去把公司成立起來。這張卡裏有十萬塊錢，你先拿去做前期的費用。」我說著，就從身上拿出一張銀行卡來，朝她遞了過去。

隨後，我又和她說了關於公司註冊的相關細節。

「馮大哥，註冊公司可以找一家仲介公司去辦，要不了多少錢。」她說道。

我搖頭，「開公司最重要的是節約每一筆成本，我覺得，沒必要去花這筆錢。如果你去辦，我寧願把這筆錢給你。」

「那麼馮大哥，註冊公司的事情著不著急？」她問道。

「當然著急了，越快越好。」我說。

「那就更應該去找仲介公司了，那些仲介公司是專門做這樣事情的，他們的速度快。如果我去辦的話，會因為不熟悉其中的環節而耽誤時間的。幾萬塊錢與今後的效益比起來，就不算什麼了，你說是不是？」她說。

我這才發現，自己可能錯了，於是說道：「好吧，你看著辦吧。」

「馮大哥，有件事情我不大理解，為什麼公司法人不用你的名字？你又不是官員，怕什麼啊？」她問道。

「雖然我不是官員，但是，今後我們的生意都是官員在照顧，我不想讓別人知道是我在中間起作用，即使知道，也不想讓別人掌握了證據。明白嗎？」我回答說。

「我知道了。馮大哥，想不到你這麼小心。」她點頭道。

「我們的目的是為了賺錢，但不應該連累幫助我們的人。這是最基本的原則。」我嚴肅地道。

「是，我知道了。」她也正色地應道。

後來，我才開始佩服起康得茂和林易的慧眼識人起來，因為孫露露做事情的能力確實很強，她不多久就把公司給籌建起來了，選好了辦公的地方，而且招聘了公司所需的各種人才。

在我與常育溝通後，公司很快就運作起來了。

後來，康得茂也給公司運作了另外一個專案，所有設計都是請江真仁做的。不過，他的設計方案是拿去讓他的單位蓋的章。這兩個專案的設計費用好幾百萬，他賺翻了。

就在我與孫露露談事情的那天下午，江真仁從老家回來了，他給我打來了電話。

「晚上怎麼安排的？」我問他道。

「沒安排，聽你的吧。」他說。

「那好，你看是去我家呢，還是在外面？」我問道。

「就去你家吧，蘇華不是走不開嗎？」他說。

我頓時高興起來，因為我最開始並沒有考慮讓他和蘇華見面，我想進一步摸一下他的態度。

隨即，我給蘇華打了電話，我讓她晚上多做幾樣菜。

「晚上有客人要來？」她問道。

「是。」我回答。

「誰啊？」她問。

「到時候你就知道了，你認識的人。」我含糊地回答道，心裏覺得好笑。

下班後，我開車去接江真仁。當我們進入到家裏的時候，蘇華正在廚房裏。

「馮笑，你這房子還真不錯。」江真仁打量著客廳對我說道。

「這其實算不上是我的房子。」我笑著說，「你請坐，我去給你泡茶。」

這時候，蘇華從廚房裏出來了，她手上端著菜。

「馮笑，今天究竟是誰要來啊……」她忽然看到了沙發上的江真仁，頓時呆立在那裏。

我急忙笑道：「蘇華，你把菜放下，過來說說話，我去做剩下的。」

說完後，我就直接去到廚房，根本不給她拒絕、搪塞的機會。

廚房裏燉有雞湯，還有煮好的香腸、臘肉。另外幾樣已經準備下鍋的菜，都已經配好了料。

我首先把香腸和臘肉切成片裝盤，耳朵聽著外面的響動。

「你還好吧？」似乎是江真仁首先說話。

然後，就聽見蘇華在回答：「反正就這樣。」

「這樣也好，你正好可以幫幫馮笑。」江真仁說。

「人家是花錢請我好不好？怎麼是我幫他了？」蘇華的聲音。

「這倒是，他是為了幫你。」江真仁說。

我不禁苦笑：這兩個人怎麼不談感情，卻說起我來了？

於是，我開始炒菜。鍋裏的聲音頓時掩蓋住了外面的談話聲。

半小時後，我做完了所有的菜，端上桌。

「江哥，蘇華，來吃飯了。我們喝點酒吧。」

「你們兩個人喝吧，我還要給陳圓擦拭身體，孩子一會兒也會醒來的。」蘇華說。

我開了一瓶茅台，然後與江真仁開始喝起酒來。

「江哥，春節過得好不好？」我問道，完全是無話找話說。

他點頭道：「就那樣，現在的春節比以前可差遠了。以前沒吃的，一年就春節那幾天可以好好吃幾頓肉，所以，那種過年的感覺才濃厚。現在不行了，天天吃肉，過年的時候，反倒喜歡吃素菜了。」

我發現他比較健談，估計是心情還不錯的緣故。

於是，我說道：「是啊，很多事情就是這樣。我記得以前上大學的時候大家都很窮，每個人湊點錢出去吃飯，喝的也是幾塊錢一斤的老白乾，但奇怪的是，我覺得那時候我們反而很幸福。現在有錢了，反而沒有了從前的那種快樂了。」

「就是，太奇怪了。馮笑，我敬你一杯，謝謝你請我到你家裏來喝酒。」他朝我舉杯道。

「我們是老朋友了，別這麼客氣啊。」我說，隨即將酒喝下。

「江哥，其實我現在體會到了一句話，平平淡淡才是真。人這一輩子，就那麼回事。我現在經常想我的前妻，還有現在躺在床上的陳圓，總覺得自己很愧對於她們。我不是想說什麼『失去了才覺得珍貴』的話，而是感歎人生苦短、命運多舛。兩個人能夠走到一起，就是上天的安排，我們不能拂了上天的好意才是。比如我。唉！以前渾渾噩噩的，結果就受到了上天的懲罰。」

我小心翼翼地去觸及他們兩個人的情感問題，我相信，他們都應該明白我話中的意思。

江真仁不說話，他端起酒杯獨自喝下。

我去看蘇華，她卻放下了碗筷，「我吃好了，你們慢慢喝酒吧。」

說完後，她就離開了。

隨後，我看見她打了一盆水進入到臥室裏面。

「馮笑，謝謝你。」江真仁低聲地對我說了一句，他的聲音很小，語速也很慢，聽起來覺得甕聲甕氣的。

「給她一次機會吧。雖然我理解你，但是，我覺得我們男人還是要大度一些。」我歎息著說，同時朝他舉杯。

「我需要時間去淡忘過去的事情。」他說。

我點頭，「理解。對了，你的事情我會儘快安排，你放心好了。」

「謝謝，想不到你這麼熱心、仗義。」他說。

「只要我能做到的，就一定會想辦法替你做到的。」我笑道。

後來，我們倆喝完了一瓶酒，我準備再去拿一瓶來的時候，他制止了我，「馮笑，平常我不大喝酒的，我已經有酒意了。」

「你們出去走走吧，家裏的事情，我自己做。」我說。

他搖頭，「改天吧，改天我給她打電話。」

吃完飯後，他和我又說了會兒話就離開了。

我讓蘇華送他下樓。

蘇華扭捏著，但被我推出了門。

孩子在哭，我去給他換紙尿褲，隨後準備給他泡奶粉，但卻忽然想起，自己根本就不知道要調成什麼樣的濃度。

本想等蘇華回來再說，但我看得出，孩子明顯是餓了。於是，我急忙跑到書房裏去翻書。

「馮笑，你搞什麼？孩子哭成這個樣子，你在幹嗎？」門外傳來了蘇華的大叫聲。

我急忙從書房跑出去，苦笑著對她說道：「我在翻書，看孩子的奶粉應該用什麼濃度。」

她一怔，頓時大笑起來，「你呀！真是書呆子！」

孩子吃到奶後，頓時不哭了，我這才問她：「怎麼這麼快就回來了？」

「找不到話說。」她低聲地道。

「蘇華，你也應該主動一些，你們曾經是夫妻，有啥不能說的嘛。」我說道。

「畢竟離婚了，有些事憋在心裏，卻又不能說出來，你說尷尬不尷尬嘛。」她苦笑著說道。

我頓時明白了，她說的是雙方曾經的過錯。

於是，我歎息道：「慢慢來吧。」

她看著我欲言又止。

我急忙地道：「我去書房看書。」

有些事情必須結束，而且，儘量不要讓她說出來。我想，只要我表明了態度，她今後就不會再這樣了。

童瑤是在晚上十點過後給我打來的電話。

「馮笑，麻煩了，我媽媽說要到你們單位去瞭解你的情況。」

我大駭，「你都對她說了些什麼？」

「就說你花心啊，怎麼啦？」她回答道。

「你！」我氣急，「童瑤，你想過沒有？如果你媽媽到我們單位來瞭解情況的話，豈不是什麼都清楚了？而且，還會對我造成不好的影響。」

「那你說怎麼辦？」她也著急起來。

「還能怎麼辦？你馬上把真實的情況對你媽媽說清楚。現在別無選擇了，與其她自己到醫院來把情況弄亂，還不如你自己全部告訴她。她是你媽媽，不會怪罪你的。」我說。

「也只好這樣了。」她說。

我心想：你還是員警呢，怎麼這點小事都辦不好呢？看來，當局者迷真是有道理啊。

可是，半小時後，她卻又打來了電話。

「馮笑，完了，我媽媽根本就不相信我說的話。你說怎麼辦？我說真話她也不相信了。」

我頓時愕然，隨即哭笑不得，「這就是騙人的後果，假如是你的話，你會相信嗎？」

「問題是，現在怎麼辦啊？」她著急地道。

「還能怎麼辦？我馬上過來，給你媽當面說清楚啊。」我歎息著說，「真是的，看你搞出來的事情！」

我即刻出門。

蘇華跑出來問我：「你又要出去？」

「一位員警朋友找我有點事，我很快就會回來。」我說，隨即又道：「你早點休息吧，晚上我睡臥室。」

說完後，我就匆匆走了，沒去看蘇華的臉色。

到童瑤家裏的時候，已經接近十一點了，我進去後就直向童瑤的母親道歉。

「即使你們是合夥來騙我的，但我覺得，你們兩個人還是很合適啊。」老太太在聽了我的解釋後，卻這樣說道。

我頓時明白了，童瑤並沒有告訴她，我已經結婚的事情，於是，急忙去看童瑤。

「你自己說。」她卻這樣說道。

我心裏忽然一動，急忙道：「阿姨，是這樣的。其實我已經結婚了，真的。」

老太太頓時愕然地看著我，隨即厲聲地問我們道：

「你們兩個人究竟是什麼關係？瑤瑤，你不會和這個有婦之夫鬼混吧？你自己應該知道，你可是員警，怎麼能夠幹出這種喪失道德的事來呢？還有你，竟然還有臉跑到我家裏來！你給我滾！明天，我要去你們醫院告你！」

童瑤的臉色頓時變了，她瞪著我，「馮笑，你，你快給她說清楚！」

我也很後悔自己剛才沒有一下把事情講完整，於是急忙道：「阿姨，您別激動，您聽我講完了再說，好嗎？」

老太太氣呼呼地坐在那裏不說話。

我急忙地道：「阿姨，是這樣，童瑤要去執行一項特殊任務，所以，就找我去冒充她的男朋友。當時不告訴您實情，也是為了保密。」

「你的意思是，瑤瑤完全是為了工作？」老太太問道，臉色好了許多。

童瑤悄悄朝我豎起了大拇指。

「不對！」可是，老太太卻忽然地道。

我頓時被嚇了一跳。

「什麼不對？」我看見童瑤也頓時變了臉色。

「你以為罪犯是傻瓜啊?你說你結過婚了,萬一罪犯去你們醫院問你的情況,豈不是一下就暴露了?」老太太說,臉上是輕蔑的神色,「告訴我,你們究竟是什麼關係?不要以為我這麼好騙。」

我想不到她竟然如此明察秋毫,腦子裏如電般在轉念:怎麼辦?怎麼說她才會相信?

「阿姨,我真的沒有騙您。我和童瑤又不是去打入犯罪集團的內部,就是扮成情人去跟蹤罪犯。他們當然不會去調查我了。其實,我和童瑤騙您的事情,也是臨時想起來的,當時馬上要過春節了,童瑤不是擔心您心裏著急,想讓您過一個愉快的春節嗎?這其實是善意的謊言。」

「真是這樣?」老太太狐疑地問道。

「真是這樣!」我和童瑤同時說道。

「那你給我買那麼貴重的禮物幹嗎?你這孩子,怎麼那麼傻啊?」老太太頓時笑了起來。

「童瑤是我的朋友,而且幫過我很多的忙,您是長輩,我給您送禮物是應該的啊。阿姨,您就不要責怪童瑤了,她真的是好心。童瑤那麼漂亮,那麼優秀,今後一定會找到一位合適的男朋友的。」我急忙說道。

「唉！但願吧。好了小馮，時間不早了，你早點回去休息吧，麻煩你了。」老太太客氣地道。

「好，那我走了。對不起啊阿姨，打攪您了。」我也客氣地道。

「我送送你。」童瑤說。

我急忙阻止，「不用了，我開了車的。」

「我給你說件事情。」她說，隨即就跟著我出了門。

就在她家門外不遠的地方，她對我說：「馮笑，謝謝你啊，你幫我解決了一個大難題。」

我笑道：「不要再騙老太太了，你還是儘快找一個男朋友吧。」

「像你這麼優秀的男人都結婚了，我哪裏去找？」她笑道。

「我哪裏優秀了？你又不是不知道我。」我汗顏地道。

「你自己知道就行。馮笑，我一直很想對你說句話，但是，又不知道說出來你能不能接受。」她嚴肅地對我說。

我以為她又要說我亂交女朋友的事情，頓時尷尬起來，「我今後一定注意。」

可是，她卻只是對我說了這樣一句話，「馮笑，你找那麼多錢幹嗎？難道你不擔心今後出事情？」

「合理合法的找錢，有什麼嘛。」我頓時鬆了一口氣，笑著說道，「現在是商品社會，沒有錢，怎麼有高品質的生活？」

「我不這樣認為。我覺得，人生最寶貴的不是你有多少錢，而是永遠能夠自由地生活。」她搖頭道。

我頓時笑了起來，「沒有錢，怎麼能夠自由地生活？比如我想周遊全世界，沒有錢，怎麼去得了？想自由自在生活都困難呢。」

她看著我，幽幽地道：「有時候，我覺得你很聰明，但是有時候，又覺得你真是太笨了。」

我莫名其妙地看著她，「童瑤，你怎麼了？」

讓我想不到的是，她卻忽然發起脾氣來，「我懶得和你說了，你走吧。」

我尷尬地笑了笑，然後離開。

可是，讓我萬萬沒有想到的是，就在第二天下午，童瑤出事了。

當我看見她的那種慘狀的時候，即使作為醫生，我也不禁流淚了。

那天晚上我回家的時候，蘇華還沒有睡覺，她從書房裏出來朝我打招呼，「回來了？」

我點頭，隨即問她道：「怎麼還不休息？」

「我在看書，馬上就去睡。」她說，隨後便深情地看著我。

我假裝沒有看到她的眼神，「我太累了，明天上午還有手術。」隨即，我去到了臥室裏。

我站在陳圓的面前，伸出手去輕輕撫摸她的臉。

我發現，她消瘦了些，膚色也沒有以前好了。這是長期臥床的必然結果，我只有在心裏歎息。

蘇華進來了，我心裏頓時緊張起來。還好的是，她進來的目的只是抱孩子。

「馮笑，你何苦啊。」她出門的時候，低聲說了一句。

我很反感她說那句話，因為她的那句話讓我頓時產生了一種抑鬱的情緒。本來看著陳圓這個樣子就已經讓我難受了，她的話又進一步加重了這種鬱鬱的氣氛。

我想：如果不是因為自己確實需要她照顧陳圓的話，我根本不想任何人住在我家裏。

其實，孤獨和寂寞有時候也是一種享受，因為，並不是每一個人都有這樣的境況。在這種氣氛下，往往可以讓人更加成熟。

但是，蘇華讓我鬱悶了，為此，我上床很久都難以入眠。

第二天上午確實有一台手術。全子宮切除。

這是一個子宮肌腺瘤的病人，已經生育過一個孩子，該病人曾經做過腫瘤切除術，但卻無法將肌腺瘤完全清除乾淨。術後患者痛經十分嚴重，所以，在這種情況下，只有將其子宮全切除才能解決問題。

手術前，病人向我提出了一個問題，「醫生，今後我不可能再懷孕了是吧？」

我點頭，「肯定的啊，你的子宮都沒有了。」

「我就一個孩子，萬一……醫生，不是我胡思亂想，是因為我姐姐的孩子最近出問題了，她已經過了生育期，孩子沒有了，想要再生一個也沒辦法了。」她說。

我知道，這是一個很現實的社會問題。自從實行計劃生育後，很多家庭，特別是城市裏面的家庭，往往都只有一個孩子，一旦夫婦兩個人進入無法生育的年齡後，孩子一旦出問題，就只能夫妻倆相依為命地度過後半生了。

前些日子，我們醫院的一位內科醫生的孩子喝醉後打架，結果被對方殺死了，那孩子大學剛剛畢業。

那位內科醫生和他的妻子一夜白髮。每當看見他們夫妻倆攙扶著在醫院裏面行走的時候，我就會有一種莫名的悲哀。

而農村反而允許一對夫婦生兩個孩子，這樣就降低了這樣的風險。我不是說計劃生育不好，而是對這樣的情形，只能無聲地歎息。

現在，當聽見這個病人這樣問我的時候，我便又產生了這樣悲涼的情緒。

不過，我只好這樣回答她：「那樣的情況畢竟是極少數。從人群中發生的比例來講，應該還不到萬分之一。所以，你就不要多想了。你現在的問題是，如果不手術，不進行子宮全切的話，始終不能解決病根，而且，即使不切除，今後要懷孩子也不可能了。」

病人這才不再說什麼。

子宮全切除手術聽起來是一個大手術，但真正做起來並不是那麼複雜。唯一需要注意的是，宮頸兩旁靜脈叢較豐富，如果過分用力推擠，有時可損傷靜脈管壁引起出血。整個手術最麻煩的是要先期把子宮完全地與其周圍的組織分離出來。切除子宮後還需要縫合陰道斷端。這樣才不至於影響到病人術後的性生活。也就是說，即使切除了子宮，但病人仍然可以恢復正常的性生活。

這個手術花費了我很多的時間，因為我做得特別仔細。在手術的問題上，我是一個完美主義者。我認為：作為女性，患上這種疾病已經非常不幸了，如果我能夠通過手術解決她們的痛苦，並儘量讓她們今後的生活與常人無異的話，才是我作為一位醫生應盡的責任。

也許是最近一段時間自己夜生活無度的緣故，手術結束後，我差點癱軟在了地上。

護士發現了我的異常，「馮主任，你的臉色怎麼這麼難看？」

「沒事，可能是太累了。」我坐到了手術室外邊的沙發上不住喘息。

「馮主任，你家裏的事情大家都知道了，你也太辛苦了。一個人要照顧昏迷的妻子，還有一個早產的孩子。唉！」護士同情地看著我說。

我不知道她是有意奉承還是發自真情，不過，我卻不好回答她什麼了。

當然，我已經沒有力氣回答她的話了。

後來，護士拿來了幾支葡萄糖讓我喝下，我才覺得舒服多了。

回到辦公室，我剛剛坐下，童瑤的母親就來了，她是來讓我看她的化驗結果的。

「小馮，我等你很久了，聽說你手術去了。咦？你的臉色怎麼這麼難看？」她關心地問我道。

「可能是太累了。」我說，隨即去給她泡茶，她試圖攔住我，但我依然堅持。

「你這孩子。」她歎息，「我都問過你們科室的人了，知道你家裏竟然出了那樣的情況。唉！你可真夠累的。小馮，你想過沒有？難道就一直這樣下去？你還很年輕啊。」

「還能怎麼辦？這都是命。」我苦笑著說。

「是啊，都是命。」她再次歎息，隨即把化驗單遞給了我，「不好意思，你這麼累了，還得麻煩你。想不到，你這麼年輕就是科室主任了，還是專家。」

我笑了笑，然後去看她的化驗單，說道：「阿姨，我分析的情況是對的。您的炎症沒大礙，不用擔心。我給您開幾樣藥，都很便宜的，您按照我開的醫囑服用就行。」

她連聲道謝。

我開好了處方，想了想後，拿起內線電話撥打護士站，「你誰啊？哦，請你到我辦公室來一趟。」

一會兒後，那位接電話的護士就來了，我把處方遞給了她，同時還給了她兩百塊錢，「麻煩你幫我去把這些藥拿來，現在病人太多了，我阿姨去排隊會很辛苦，你直接進藥房去拿。」

護士答應著去了。

童瑤的母親連聲道謝，「小馮，你太客氣了，這錢我得給你。」

我搖手道：「阿姨，您別客氣。您不知道，童瑤幫過我很多忙，而且，經常提醒我注意很多事情。說實話，您這女兒太優秀了，我很尊敬她，甚至還有些怕她呢。呵呵！不過，她真是一位值得交往的好朋友。您是她的媽媽，我能夠替您服務，這是我的榮幸。」

她不住地道謝，最後說道：「她自己都不怎麼懂事，還來提醒你什麼啊？」

我笑道：「她是一個不錯的員警，為人正直，而且疾惡如仇。我這人有不少的毛病，所以，她經常提醒我。」

她問：「你們是怎麼認識的？」

我頓時黯然，「我前妻犯了罪，她來找我瞭解情況……」

「啊？對不起，我不該問你。那你前妻現在怎麼樣了？」她問道。

「自殺了。還是童瑤幫忙，才讓我在她活著的時候去見了她一面。我前妻死後，也是她幫忙處理的。唉！」我低聲地回答說。

「想不到你這孩子也是苦命人。」她不住歎息。

護士很快就把藥拿回來了，我將藥物的服用方法詳細地告訴了她，隨後又仔細地寫在了她的門診病歷上面。

這時候，我剛剛做完手術的那個病人家屬來了。

童瑤的母親即刻告辭離開。在她離開之前，她對我說了一句：「小馮，今後有空就到我家裏來吃頓飯，你這孩子，太累了，太辛苦了。」

我朝她笑道：「沒事。有空的話，我一定來。」

致命的摧毀

童瑤在追捕小偷的過程，意外受傷。
手術將近六個小時。我將她送入到重症監護室，
這才感覺自己雙腿沒有一點力氣，竟跌坐在病房的過道上。
現在我才真正感到後悔了，因為我發現，
自己前些日子的那種生活對我來講，就是一種致命的摧毀。

將她送出了辦公室後，我才轉身去問那位病人家屬。

這是一位看上去很老實的中年男人，「請問你找我有什麼事情？今天你妻子的手術很成功，你不用擔心。」

「馮主任，謝謝你。我都聽護士說了，說你為了給我女人做手術，差點累昏過去了，我很感動。這是我的一點心意，請你一定收下。」他說著，從衣服口袋裏面摸出一個信封來。

我哭笑不得，心想這都是怎麼了？

雖然我知道自己不會要錢，但心裏依然還是有些感動：病人和家屬一般都是很好的人，只要醫生盡心了，他們總會從內心發出感謝的。人就是這樣，善良還是人性最基本的東西。

我笑著對他道：「不用了。呵呵！很多病人都是在手術前給我們醫生紅包，你倒好，手術完了才來給。」

我當然是和他開玩笑的，可是他卻尷尬了起來，「我……」

我頓時大笑，「和你開玩笑的。其實，手術前病人給我們紅包，我們都不會拒絕，因為病人的心理我們知道，你們是擔心我們當醫生的不盡心盡力。不過，手術完了後，我們都是把紅包還給你們的。你的妻子在我們這裏住院，醫院已經收取了相關的費用，紅包這東西，相當於行賄哦，你收回去吧。請你放心，我們會盡心盡力醫治好你妻子的病的。現在，你要注意的是，不要讓她出現感染。當然，這也是我們醫生的工作。不過，你這個當家屬的也要注意，現在儘量不要讓她的傷口沾水，今後出院後，也需要很長一段時間克制性生活。」

他頓時憨笑起來，「我會注意的。」

「好了，就這樣吧。」我看了看時間，「我太累了，馬上去吃飯，然後休息一下。對了，你有什麼事情可以直接來找我，也可以跟護士講。」

「謝謝馮主任。」他感激地道，隨即欲言又止，「我……」

我看著他，「說吧，不要有什麼顧忌。」

「馮主任，這個……我們的家庭條件不大好，所以，希望你在用藥的時候……這個……」他似乎有些說不出口來。

我頓時明白了，朝他點頭道：「我知道了，我會注意的。」

「太感謝了！」他感激地說道，隨即把那紅包又朝我遞了過來，「馮主任，這錢不多，只是我的一點心意……」

我即刻打斷了他的話，「我說了，不需要。這樣吧，你就用這錢去給你妻子買幾隻雞熬湯，她的身體需要好好補補。」

他這才再次說了幾句感激的話離開了。

我隨即去到醫院飯堂吃了點東西，然後去到醫生值班室休息。在我休息前，我悄悄對值班護士打了個招呼：「下午我想多睡會兒，如果沒有特別緊急的事情，別叫我。」

童瑤被送到醫院來的時候，我還在睡覺，是在下午三點過的時候。

我睡得很香甜，因為在睡覺之前，我吃了腎藥。我知道自己的腎功能消耗過度，吃藥後休息一陣子，才會起到最大的作用。

護士長來叫我，「馮主任，快起來，員警來了！」

我正睡得香甜，忽然聽到她的叫喊聲，頓時驚醒過來，而且心裏忽然惶恐起來：員警？員警到我們科室來幹什麼？

因為我幾乎是和衣而睡，所以，我起床的速度極快。

開門後，我問護士長：「究竟出了什麼事情？」

「有個女員警受傷了，幾個員警送她來的。」她回答。

我頓時生氣了，「護士長，你把話說清楚嘛，嚇了我一跳。我還以為科室裏面又出了老胡他們那樣的事情了呢。」

護士長頓時笑了起來，「我還不是著急？」

我急匆匆地去到檢查室，當我看到受傷的人竟然是童瑤的時候，我差點叫出聲來，而且，同時還眩暈了一下。

我急忙去看她的情況。眼前的一切，簡直慘不忍睹。

童瑤的下身全是血，褲子似乎破了。

護士快速替她脫去了褲子，我發現，童瑤的陰部一片血糊糊的，而且還有鮮血不斷流出來。

「這樣怎麼行？趕快推到手術室去！」我急忙地道。

在把她推往手術室的過程中，我給她檢查了最基本的情況，主要是脈搏、血壓什麼的。我感覺到問題嚴重。

「究竟怎麼回事？」我問了一句送她來的那幾個員警。

「她追一個小偷的時候，掉在了鐵柵欄上，其中的一根柵欄插到了她的身體裏面。」員警說。

我頓時明白了。

進入到手術室後，我草草消了毒，然後對她陰道裏面的情況進行了探查。陰道重度損傷，子宮也被刺破了。

手術花費了近六個小時，不過很成功。但是我心裏很黯然：她還沒有結婚，竟然出了這樣的事情，而且，還在腹部留下了一道長長的傷口。

手術完了後，我將她送入到重症監護室，這才感覺到自己的雙腿沒有一點力氣了，竟然跌坐在病房的過道上。

同行的護士發出了一聲驚叫。

我急忙地道：「麻煩你把我扶起來，別聲張，慢慢扶我去辦公室，再給我拿一支葡萄糖來。」

不過，護士的驚叫聲已經引起了其他病人的注意。送童瑤來醫院的那幾位員警也注意到了我的情況，他們都朝我跑了過來，都關心地問我。

「沒事，主要是手術的時間太長了。」我苦笑。

現在我才真正感到後悔了，因為我發現，自己前些日子的那種生活對我來講，就是一種致命的摧毀。

要知道，我是婦產科醫生，隨時都會有大型的手術，這就必須具備良好的體力和精力。

護士扶我去到了辦公室裏面，一會兒後，她拿來了葡萄糖。

我問護士：「病人的家屬來了沒有？」

「她媽媽來了，聽說了情況後，當時就昏過去了。」護士回答。

我大吃一驚，「人呢？」

「在病房裏面。估計是嚇壞了，醒來後又睡著了。我們沒敢告訴她手術結束的事情，因為擔心她再次激動。」護士回答說。

我急忙喝下了葡萄糖，隨即站了起來，「你快帶我去看看她。」

可能是考慮到她是員警母親的緣故吧，護士長給她安排的是一間單人病房。我進去的時候，她是醒著的。

她看見我之後掙扎著從床上坐了起來，「小馮，聽說是你給瑤瑤做的手術？怎麼？做完了？情況怎麼樣？」

她的臉色蒼白，神情慌張、焦慮。

我急忙回答道：「沒事了，手術很成功。」

「這丫頭，我早就說過，她遲早要出事。當初我那麼阻止她去考警校，可她就是不聽……嗚嗚！她還沒結婚呢，這怎麼得了啊？」她隨即大聲哭了起來。

我急忙地道：「阿姨，您應該高興才是，畢竟童瑤她沒事了。她雖然受了傷，但她是英雄啊。」

「你帶我馬上去看她。英雄？英雄是悲劇的代名詞！我是教師，這樣的事情，我還不懂？」她頓時止住了哭泣，生氣地道。

「您好好休息吧，她還在重症監護室裏，麻藥還沒有醒呢。明天您再去看她吧，那時候她就轉到病房裏來了。」我急忙地對她說。

「你不是這裏的負責人嗎？這個後門你都不給我開？」她頓時不滿起來。

我很為難，但是看著她那副焦慮的樣子，只好讓步了，「好吧，您隨我來吧。來，我扶您起床。」

童瑤處於昏睡的狀態，她身上佈滿了各種儀器的管子和導線，對於非醫務人員來講，這一切看上去會很可怕。

果然，童瑤的母親看到她第一眼的時候就哭了。

我急忙對她道：「阿姨，您安靜一些。現在她不能受到干擾。她身上的這些東西沒有那麼可怕，只是為了隨時監控她的基本情況，比如血壓、脈搏什麼的。明天她醒來後，就不用這些東西了。」

她轉身就跑了出去，監護室外面頓時傳來了她的大哭聲。

現在已經是夜晚，她的哭聲顯得是那麼的刺耳而悲愴。

我的手機在響，電話是蘇華打來的，她告訴我說：「孩子在發燒！」

我大驚，急忙朝病房外面跑去。

剛剛跑出病房後，即刻又轉了回來，因為我忽然想起了童瑤的母親。

還好的是，她還在病房，不過臉上全是淚水。

「阿姨，我得馬上回家一趟，我的孩子發燒了，我得去把他接到醫院來。」我對她說。

她霍然一驚的樣子，「啊？那你快回去吧。小馮，你別笑話我，我是心裏難受。」

我點頭，「阿姨，我完全理解。」

孩子確實在發燒，三十九度半。

雖然我是醫生，但自己的孩子生病了，頓時也沒了主意，心裏慌成一團。

「你帶孩子去醫院吧，我在家看著陳圓。畢竟你家裏離不開人。對了，你家的保姆什麼時候來啊？」蘇華問我道。

「現在還在過年期間，估計還有幾天吧。」我說。

「那你快帶孩子去醫院吧。」她即刻對我道。

我全身痠軟難受，但卻又不得不馬上帶孩子去醫院。

這一刻，我心裏莫名其妙地升騰起一種憤怒來，我跑到陳圓面前，大聲地對著依然昏迷不醒的她道：「陳圓，你快起來看看，我們的兒子發高燒了！你怎麼還睡啊？難道他不是你的兒子？難道你就這樣一輩子睡下去不成?!」

說到這裏，我再也忍不住地大聲痛哭了起來。

孩子可能被我的聲音嚇壞了，頓時也大哭了起來。還有蘇華，她也在哭。家裏頓時哭成了一片。

可是，我現在連盡情痛哭的時間都沒有，因為我要馬上帶孩子去醫院。還好，剛才的發洩讓我的身體找回不少力氣。我小心翼翼地帶著孩子開車朝醫院而去。

兒科診斷的結果是新生兒肺炎，必須住院。

我心裏更加難受起來，因為我想到，孩子這麼小就要遭受如此多的病痛折磨。

護士在孩子的頭上剃去了一小塊頭髮，然後，將輸液針插入到孩子頭皮處的一根靜脈裏面。

孩子哭得撕心裂肺，我強迫自己不要流淚。這裏是醫院，我不想讓同行看到我的軟弱。

一直看到孩子睡著了，我才離開了兒科病房。

隨即，再次去到自己的科室。

童瑤的生命體徵很正常，因為一直在給她輸液輸血。不過，她依然處於沉睡的狀態。當然，我並不擔心什麼，因為她根本不是陳圓的那種情況。

去到童瑤母親的病房，她正在那裏發呆。

「阿姨，您早點休息吧。從明天開始，您還要照顧童瑤呢。」我對她說。

「你孩子怎麼樣了？」她問道。

「肺炎，住院了。」我歎息著說。

「唉！」她也歎息，「小馮，我沒事，你去休息吧，我知道你太累了。我馬上回家去睡，在這地方我睡不好，明天一早我就過來。」

「太晚了，要不我開車送您吧。」我看了看時間後說道。

「不用了。小馮，你臉色很不好，快去休息吧。童瑤單位有人在這裏，我讓他們送我回去就是。」她說，很慈祥。

我點頭。

出了病房後，我給蘇華打了個電話，「孩子肺炎，住院了，晚上我就住在病房裏了。」

她沒有說什麼。

我一躺在床上，立刻就睡著了。

童瑤是在第二天清晨醒來的，值班護士知道我在病房休息，所以就急匆匆地來叫我了。

陪伴童瑤的員警也驚醒了，童瑤的母親也是滿臉的驚喜。

「對不起，你們不能進去，我看了再說吧。」我歉意地對他們道。

童瑤的眼神有些迷茫，她低聲在問：「我這是在哪裏？馮笑，怎麼你也在？」

我柔聲地對她說道：「你受傷了，我給你做的手術。不過現在沒事了，你需要在這裏休息一個月就可以出去繼續工作啦。怎麼樣？現在感覺有什麼地方不舒服？」

「啊，我想起來了。好像我在追一個人，然後就從樓上掉下去了。馮笑，我，我……」她說，臉上頓時紅了起來。

「是不是覺得有點痛？」我問道。

她微微地點頭，隨即問我道：「我怎麼會在你們婦產科？」

我發現她的臉上充滿了疑惑，於是柔聲對她說道：「童瑤，你別緊張，你的傷沒事了，不會影響你今後的生活，包括懷孩子也不會有問題的。不過，你的傷確實很嚴重，所以需要靜養很長一段時間。」

她不說話了，但眼角卻有眼淚流出來。我心裏當然明白她為什麼會這樣：雖然她是一名員警，雖然她的性格像男人一樣堅強，但她畢竟是女人，不，是女孩，是一位還沒有戀愛過的女孩，這樣的事情對任何一個女孩子都是難以接受的。

豈止是她，現在我心裏也很憤怒，恨那個給她造成如此傷害的小偷。

她在默默地流著眼淚，我不好去勸慰她，因為我知道，在這種情況下，任何語言都是蒼白的。

只是，我也不禁被她的悲傷感染了，眼淚開始在眼眶裏打轉。

「馮笑，你看我。」一會兒後，她忽然朝我笑了笑，但是，我看見她的眼淚卻流淌得更加厲害了。

我也勉強笑了，一邊擦著眼淚，「童瑤，如果你覺得在這裏有些難受的話，我想把你轉到病房裏去。到那裏，就不需要給你使用這麼多儀器了。」

「你是醫生，你安排吧。」她低聲地說。

我看了看那些儀器上面顯示出來的資料，隨後對她說道：「你的情況很不錯，轉出去吧。對了，你們單位的人，還有你媽媽，都在外面等著呢。」

她頓時怔住了，眼角剛停住的淚水又緩緩流下，她喃喃地帶著哭音在說：「媽媽……」

這一刻，我怔住了，因為我完全沒想到，她竟然會表現出一種小女孩的狀態來。轉念一想也就理解了：她雖然是員警，但她更是一位母親的女兒，在她受到傷害後，心裏那根最脆弱的神經，首先需要的是自己最親密的人的呵護。

我們時常這樣，經常會因為某個人的工作性質或者職務，而忘記了他作為「人」的特性。

我歎息了一聲，對她說道：「我馬上安排人，把你轉到病房裏去。」

「我……」她的臉再次紅了，「馮笑，我身上……」

我這才意識到了一個問題：在她身上那張雪白的床單下，她的下身沒有一絲半縷。

「現在沒必要給你穿病號服，因為你剛剛做了手術，不能下床，還插著尿管，這樣是為了方便給你治療。」我微笑著向她解釋道，「你放心，我已經給你安排了單人病房，不會有人打攪你的。」

「馮笑……」她忽然叫了我一聲。

「說吧。」我朝她微笑。

她臉上一片緋紅，卻沒有來看我，她看的是她側邊的床單一角。

我一怔，隨即苦笑，「童瑤，我首先是醫生，其次還是你的朋友。我沒有一絲褻瀆你的想法，請你相信我。」

她不說話，一會兒後才低聲說了一句：「我餓了……我要吃稀飯，還有鹹菜。」

我猶豫了一瞬，「好吧，我看著你吃，但要少吃點。」

出了病房後，我對她的母親和那幾位員警說道：「她醒了，看上去很不錯。她想吃稀飯和鹹菜，本來是不可以的，一會兒我看著她，讓她少吃點吧。員警同志，你們也太疲倦了，回去休息吧，這裏有我們。」

「你們都回去吧。」這時候，我聽到一個人在我身後說道，我覺得聲音有些熟悉，轉身去看，原來是錢戰。

「馮醫生，謝謝你。」錢戰對我說。

「你來了？」我問道。

說實話，我不大喜歡這個人。

「我也是才得到消息。」他說。

「錢隊長，哦，你現在不是隊長了。是這樣，我建議你暫時不要來探視童瑤，一是因為她需要安靜，其二呢，她畢竟是女性，希望你能夠明白我的意思。」我說道。

他點頭道：「好吧。」

隨即，他去看著童瑤的母親，「姑媽，那我過幾天再來看她，您有什麼事情隨時給我打電話好了。」

「錢戰，瑤瑤還沒結婚呢，怎麼就出了這樣的事情啊？」老太太卻忽然痛哭了起來。

錢戰一怔，隨即歎息道：「姑媽，事情已經出了，您就別傷心了，瑤瑤很勇敢。」

老太太依然在哭泣。

錢戰去對那幾位員警說道：「你們怎麼還不離開？」

「錢政委，我們接到的命令是，必須在這裏保護童瑤。我們要離開，也得接替我們的人來了再說。」一位員警說道。

錢戰很詫異，「真的是這樣？」

「是的，我們得到的就是這樣的命令。」另外一位員警說，隨即還撩了一下衣服的下擺，「錢政委，你看，我們都帶了武器的。」

「難道童瑤追的不是小偷？」他低聲說了一句，隨即對幾位員警說道：「既然是這樣，那就請你們一定要保護好她的安全，不要讓閒雜人等進入她的病房裏。奇怪啊？你們的領導怎麼沒來？」

「馬上就來了，正在路上。」員警說。

我聽得雲裏霧裏的，但想到這是他們的公務，也就只是在旁邊靜靜地聽著。

錢戰走了，他的臉上一片疑惑。

剛剛把童瑤轉入單人病房的時候，刑警隊的領導就來了，我沒有問他姓什麼，因為員警們根本就沒有給我這個機會。

「一小時內，任何人不得打攪。」那位隊長說了後，就直接朝病房裏走去。

「起碼得有護士照顧她吧？」我說了一句。

「這是我們的工作。」那位隊長轉身瞪了我一眼後說道。

我頓時憤怒：「這裏是醫院，你們要工作，就把她接回你們公安局去！你不要以為你是員警，就有什麼了不起，不是什麼地方都是你們私人的地盤。」

「你叫什麼名字？」那位隊長不懷好意地問道。

「我叫馮笑，這裏的負責人。怎麼？你要抓我？」我朝他輕蔑地看了一眼。

「馮笑，你別說了，按照隊長說的辦。」忽然，裏面傳來了童瑤的聲音。

我頓時氣餒，轉身離開。

背上感覺到一雙眼睛正在盯著我，我知道，是那位隊長的眼神。我頓時有一種芒刺在背的難受感覺。這裏是醫院呢，童瑤都躺在病床上了，他還這樣專橫跋扈！我心裏憤憤地想道。

童瑤的母親來到了我的辦公室，她端著一盅稀飯，滿臉的憤怒，「小馮，他們不准我進去。你看，這稀飯都冷了。」

現在，我早已恢復了平靜，「阿姨，您別著急，一會兒我讓護士替您熱一下就是了。」

「瑤瑤究竟出了什麼事情？我怎麼覺得不大對勁？」她問道。

我搖頭，「我也不知道。不過，我感覺到，好像童瑤這次的事情與一件大案子有關係。」

「怎麼得了啊，我心裏好害怕。」老太太的手在顫抖。

我急忙去把她手上的缸子接了過來，放到桌上，然後請她坐下，又去給她泡了一杯茶，「阿姨，您別擔心，您都看到了，有好幾位員警在保護她呢。」

「越是這樣，我才越擔心啊。」她開始流淚。

我當然明白她的意思：越是有人保護童瑤，就越說明童瑤可能處於危險狀態。但是，我還能說什麼？我安慰她的話會起作用嗎？

兩小時後，才讓我們進入童瑤的病房。

「馮笑，對不起。我們隊長就是那個性格，不過他是好人。因為最近連續幾個大的案子沒有破，現在又出了這樣的事情，所以，他才心情不好。」童瑤對我說。

我搖頭道：「我沒什麼，不過，我很看不慣那種穿上制服就覺得自己高高在上、盛氣凌人的員警。你們員警就是這一點不好。」

她頓時笑了起來，「你說的有道理。不過，我們員警如果不能讓人產生敬畏的話，怎麼震懾犯罪？」

我頓時愣住了。

「瑤瑤，你快把稀飯吃了吧，小馮請人才熱了的。」童瑤的母親說。

她搖頭道：「我聽馮笑的，暫時就不吃了吧。而且，我已經不覺得餓了。」

「現在最好不要吃，下午的時候就可以吃了。」我說。

「馮笑，你可不可以換一個女醫生來管我？我和你說話，覺得不大方便。」童瑤忽然低聲地對我說道。

我完全明白她的意思，於是點了點頭。

可是，讓我想不到的是，執勤的員警卻不讓我安排的女醫生進童瑤的病房。員警說：「我們領導講了，必須由專人對童瑤進行治療，指定的是馮醫生。」

童瑤也就沒了辦法，她這才對我說道：「馮笑，你是醫生是嗎？」

我詫異地看著她，「這還用說？」

「那我對你說了。」她的臉上一片鮮豔，「我感覺自己下面不舒服，脹脹的。」

我頓時明白了，「你只能忍著。因為才給你做了手術，在你下面填充了一些消毒紗布，同時也是為了止血的需要。不僅如此，還需要每天更換新的填充物。」

她頓時不說話了。

「你好好休息吧，注意安全。本來我想問你究竟遇到了什麼事情的，但是，我估計你不會告訴我。」我隨即說道。

「請原諒，這是秘密。包括我媽媽也不能告訴。」她歉意地道。

我點頭，「不過，你需要注意安全，我和你媽媽都很擔心你。」

「我知道，謝謝！」她說。有些感動的樣子。

我這才離開。

半個月後，案情真相大白了。

想不到，童瑤所辦的案子竟然是如此的離奇，而且，竟然還牽涉到一樁腐敗案。

案件的主角竟然是我認識的人。端木雄。

我的孩子在兒科病房住了半個月，即使我是本院的醫生，也花費了一萬多塊錢。就一個肺炎啊！雖然我不在乎，但心裏還是知道價格有些昂貴。試想：老百姓有幾個人能夠承受這樣的費用？

當然，我知道，並不是兒科病房要賺我的錢，而是醫療價格體系擺在那裏。我也清楚，如果不是我的話，價格還會更昂貴，因為兒科的醫生們基本上沒有給我的孩子使用任何不需要的藥物，也沒有進行任何不必要的檢查項目。

所以，我只有再一次感歎。

童瑤的身體恢復得不錯。半個月下來，竟然長胖了一些。

為此，她時常向我抱怨：「今後跑不動了，還怎麼當刑警啊？」

我只好這樣安慰她：「沒關係，長肉快，今後消得也快。」

可是，她還是很不高興。

我忽然想到了一個辦法：就在那天，我去給她買了一個健身器，送到了她的病房。她當然高興了，但是隨即卻苦笑著對我說：「算是我向你借的吧，到時候還給你。」

我笑道：「不用，為了我們周圍永遠有一位合格的刑警，我這個當老百姓的，願意贊助你這台健身器。」

她頓時也笑了起來，「誰說我要還你錢啊？我的意思是說，我把這東西用過之後，就還給你。到時候，你自己搬回家去吧。」

我大笑，「那也不用，我好事做到底，到時候，你自己搬回去吧，我不怕長胖，也不需要健身。」

這時候我發現，童瑤的母親看我的眼神好慈祥。

讓我感到奇怪的是，第二天上午，我忽然發現童瑤病房外邊的門崗撤掉了。

我急忙跑進病房裏，發現童瑤正躺在床上看一本雜誌，她母親卻不在。

我低聲地問她：「危險解除了？怎麼你的門崗都撤了？」

她朝我笑道：「馮笑，你快來看，莊晴。」

我急忙朝她跑去，即刻看見她手上的那本雜誌裏有幾幅劇照。

仔細一看，劇照上竟然真的有莊晴。

照片上的莊晴身穿國民黨軍服，從服色上看應該是抗戰時期的。我想不到莊晴穿上軍服的樣子竟然那麼好看，除了本身的漂亮之外，還多了些颯爽英姿。

我頓感親切。

她把雜誌朝我遞了過來，「自己拿去慢慢看吧。」

我發現她的眼神有些特別，頓時尷尬了起來，訕訕地道：「不看了，已經看完了。」

她笑道：「拿去看吧，我知道你想看。」

我更加尷尬了，忽然想起剛才自己發現的事情，「童瑤，你還沒告訴我呢，外面的門崗怎麼撤了？」

「我想不到莊晴竟然會去當演員。」她繼續在說那件事情，「看來，有句話說的真是很有道理啊，人的命運，有時候還得靠自己掌控。」

我知道她是在迴避我的那個問題，也不好再問了。「是的，不過，這裏面也得看運氣。人這一輩子就是這樣，很多事情說不清楚什麼時候就來了。所以，我們時常做好最壞的打算才是最明智的。」

我說的其實是她的事情，因為我最近發現，她獨自一個人時，依然神情鬱鬱。

「馮笑，我明白你的意思。」她低聲地道，「今天一大早，我們隊長對我說了一句話，他的話讓我明白了很多東西。我覺得，也應該把他的話送給你。」

「哦？你說說。」我頓時充滿了好奇。

「他說，人生如果都那麼順利，那講出來的故事也就不好聽了。」她緩緩地說道。

我一怔，隨即問她道：「你的意思是說我的婚姻？」

她搖頭，「不，我是說，你過得太順了。你這麼年輕就是副教授、科室副主任，而且還那麼有錢。馮笑，你想過沒有？假如某一天，你所擁有的這些東西都沒有了，你能夠承受嗎？」

我笑道：「如果我們每個人都這樣想的話，就不需要去奮鬥了。誰會在奮鬥的同時，去想失去的事情呢？」

「倒也是。」她點頭道，「不過，現在有個人，肯定無法承受他現在的境遇。」

我頓時訝然，因為我知道，她絕不會平白無故對我講這樣的事情，急忙問道：「誰啊？」

「端木雄。」她一字一字地說道。

我大吃一驚，失聲地問道：「端木雄？他，他怎麼啦？」

「那天，我去到一家高檔社區，前不久，那裏發生了一起搶劫殺人案。因為案子一直沒有破，所以，我準備再次去看看現場。看完現場後，我坐電梯下樓，當電梯下到第八層樓的時候停下了，隨即從外面進來了一個二十多歲的男人。他挎著一個大背包。

「我是員警，習慣去打量別人。我發現，那個人有些緊張。我進一步觀察，發現那個人形跡很可疑，因為他身上穿著筆挺的名牌西裝，但卻好像很不合身。你要知道，穿那樣衣服的人往往是有錢人，特別注重衣服的舒適度。還有，他身上挎著的八個背包，也與他的那身衣服不協調。我再去看他的腳，頓時就明白了，那個人身上穿的衣服應該是剛才偷來的。還有，他的那個背包裏肯定是贓物，因為他的皮鞋很陳舊，而且是地攤貨。

「電梯下到一樓，我正準備盤問他，結果他卻一溜身就跑了。我即刻追了出去，結果，那個人慌不迭地沿著樓道的樓梯往上面跑，我馬上追了上去，同時大喊著叫他站住。

「可是，他跑到二樓的時候，就從樓道的窗戶處翻了出去，我想也沒想就跟著翻出了窗戶。可是，接下來，我只感覺到一陣劇痛，隨後就什麼也不知道了。」她開始講述那天發生過的事情。

我心想：你怎麼那麼傻啊？幹嗎非得要跟著跳下去啊？不就是二樓嗎？轉身跑下樓就是了。可是我知道，也許那是因為她作為員警的思維慣性——對罪犯窮追不捨，在那種情況下，根本就來不及思考。

不過，我很奇怪，「你剛才不是在說端木雄嗎？這與端木雄有什麼關係？」

「你給我做完手術後的第二天，不是我們隊長來了嗎？他告訴我說，他們查到了那個小偷進入了誰的家裏。」她說。

「難道是端木雄的家裏？」我似乎明白了。

她點頭，「那地方僅僅是端木雄的住處之一，而且是他才買不久的一套房子。

員警在那房子裏發現了許多貴重的物品，名貴的書畫也有不少。房子裏的保險櫃是開著的，但是裏面卻已經空了。很顯然，那個小偷的背包裏裝的應該就是那保險櫃裏的東西，而且，很可能是現金。隊長頓時意識到問題的嚴重性了，於是，急忙報告了上級。

「因為那件事情是我無意中引發出來的，隊長擔心端木雄認為是我在調查他，所以才叫人把我保護了起來。

「其實，這僅僅是一種常規措施罷了。但是，問題的關鍵不在這裏，最關鍵的是，要對整個事情保密。還有就是，那個小偷在逃，所以最近一段時間，我們刑警隊一直在尋找那個小偷。那天，隊長到我這裏來，其實是要在第一時間知道那個小偷的相貌特徵。就在前幾天，那個小偷被抓住了，他供述說，一共從那個家裏偷盜了兩百萬的現金，還有一些黃金飾品。因為他不懂那些書畫的價值，所以就一件都沒拿走。現在，端木雄已經被雙規了，而且，已經全部供述了他的那些非法所得的來源。所以，對我的保護措施也就撤掉了。一是我不會再有什麼大危險，二是，這件事情的保密程度已經不再那麼高了。」

我這才恍然大悟。

「馮笑，聽說你和端木雄的關係不錯，你和他之間，不會有什麼非法交易吧？」她忽然問我道。

我急忙地搖頭，「怎麼會呢？我就是和他喝過幾次酒，沒有過深的交往。」

「那就好。唉！不知道這個端木雄會牽扯出來多少人呢。現在的官員都已經形成了自己的圈子，都有了自己的利益集團。想不到我無意中捅出來這麼大一個案件，現在想來，我這次受傷也算是值得了。」她幽幽地歎息道。

我卻猛然擔憂起來，因為我忽然想到常育與端木雄曾經的那種關係，如果這件事情牽扯到常育的話，那麼，接下來，我肯定也脫不了身。

對了，書畫！我記得，林易在年前對我說過，他要去給端木雄拜年，而且還說，最合適給他送書畫！

「你怎麼了？臉色怎麼這麼難看？」童瑤問我道。

我這才發現自己走神了，急忙地道：「沒事，我最近太累了。」

「那你去休息吧。」她對我說，「謝謝你的健身器，我覺得這東西真不錯。」

我急於想離開這裏，但是，又不想讓她看見我著急的樣子，所以，就站著沒動。

「童瑤，你鍛練身體的時候不要太猛烈了，慢慢來。」

「是，馮大醫生！」她笑道，隨即看著我，露出欲言又止的神情。

我急忙問她道：「你還想說什麼？」

她依然在猶豫，一會兒後，才歎息著對我說道：「馮笑，我給你講個故事，希望你能夠明白它的意思。」

我暗暗覺得奇怪，「你說吧。」

她看著我，「有個國王收到了來自阿拉伯的禮物：兩隻威武的獵鷹。國王從未見過這麼漂亮的猛禽，心裏很喜歡，就把牠們交給自己的首席馴鷹師進行訓練。

「幾個月過去了，馴鷹人報告說，其中的一隻獵鷹已能飛翔；另一隻卻沒有半點動靜，從來到王宮的那天起，就待在枝頭紋絲不動。

「國王召集了各方的獸醫和術士，命他們設法讓這隻獵鷹飛起來。但所有人都無功而返。最後，無計可施的國王突然想到：也許我需要一個熟悉野外環境、對自然瞭解更多的人，來幫我解決這個問題。於是，國王命人去找一個農夫進宮。第二天早晨，國王看見那隻不可救藥的獵鷹正盤旋在御花園上空。他興奮地對大臣說，把那個創造奇蹟的實幹家給我帶來。

「那個農夫來了。國王就問他，你到底用什麼方法讓這隻獵鷹飛起來的？農夫謙恭地低著頭回答道，殿下，我的方法很簡單，就是砍斷這隻鷹抓著的樹枝。馮笑，我的故事講完了，你出去吧。」

我聽得莫名其妙，但見她根本就沒有再理我的意思，就只好離開了她的病房。

我急匆匆地去到辦公室，關上門，拿起座機給常育撥打，「端木雄被雙規了，你知道嗎？」

「……你馬上到我辦公室來。」她沉默了一會兒後才道，隨即就掛斷了電話。

我一愣，急忙出了辦公室，然後匆匆去到停車場開車。

車開出了醫院的大門後，我才給林易打電話，「端木雄被雙規了，你是不是給他送過書畫？」

「你從什麼地方知道他被雙規的事情？」他問道。

「有人剛才告訴我的。」我回答說。

「你必須告訴我，是誰告訴你的？」他的語氣嚴肅了起來，讓我感到了一種寒意。

「一位辦案的員警。」我說。

他沉默了一會兒，「我知道了。不過，我沒給他送過書畫，什麼東西也沒送過。」

我頓時鬆了一口氣。

「馮笑，你好好上你的班，別去管這些事情，什麼人都不要見。不然，別人還以為你和這件事情有關係呢。很難說有人是設了圈套讓你鑽，打草驚蛇的詭計你是知道的。你和這件事情沒有任何關係，別去摻和了，明白嗎？」他說，隨即掛斷了電話。

我大吃一驚，急忙將車停下，想了想，隨即掉頭。

還是用我辦公室的座機，「姐，我走不開。」

「是不是有人對你說什麼了？」她沉聲問道。

「打草驚蛇。」我只說了這四個字，隨即掛斷了電話。

現在，我似乎明白了童瑤那個故事的真實含義了。看來，她也很猶豫。所以，我並不怪她，反而地，我很感激她。

林易是非常敏感的。打草驚蛇，對，一定是這樣。

童瑤告訴我端木雄被雙規的事情，肯定是故意的，因為她應該知道常育和端木雄的關係，同時，也可能知道我和常育的關係。

現在我才想起來一件事情：官員在被雙規期間，特別是剛剛被雙規的時候，整個案情應該是要保密的，作為員警的她，絕不可能沒有這樣的常識。

很明顯，她是故意告訴我這件事情，目的就是為了讓我即刻給常育通風報信，以達到打草驚蛇的目的。

但是，她又是矛盾的，因為她接下來給我講了那個故事。

現在我完全明白了：她的那個故事是在暗示我，唯有離開常育那根樹枝，我才會飛起來，否則，就會被束縛一輩子。

幸好林易及時提醒了我。

我開始惶恐不安起來，一連幾天都茶飯不思。

不過，奇怪的是，我並沒有聽到任何關於常育不利的消息。因為最近幾天來，我一直在和康得茂通電話。

康得茂並不知道我給他打電話的真正目的，他只是告訴我說，省裏面還沒有找他談話，還在無意中透露著他和常育最近的工作情況。

林易也沒有來找我，甚至一個電話都沒有，就好像那天我告訴他的那件事情，根本不曾發生過一樣。

讓我感到欣慰的是，也沒有任何「有關部門」的人來找我。

後來我才知道，自己那時候所有的分析都是錯誤的，林易的分析也完全錯了。

童瑤告訴我那件事情，確實是有意的，不過，她的目的並不是針對常育，因為她的意圖根本就不在常育身上。

童瑤的目的就是要讓我去給林易通風報信，她說的那根樹枝，也不是常育，而是林易。

林易動用了他的某個特別關係，去偷回了他送給端木雄的那幅畫，由此，他才得以從端木雄的案件中完全地脫身出來。

後來，我才明白，員警的高明之處在於，他們能夠隨時把握一件事情的進程，他們與罪犯的博弈，就如同高手過招一般，步步精準。

當然，童瑤給我講的那個故事確實是為了幫助我。所以，直到現在我都在慶幸自己有了她那樣的朋友，否則的話，估計被請喝茶的黑名單裏，也會有我的名字了。

在度過了數日的忐忑不安之後，我慢慢恢復到了正常的狀態。其間，我在童瑤面前竭力裝出正常的樣子。

每天按時給她換藥，然後，親自給她檢查身體的狀況。

我們再也沒有說過端木雄案子的事情，就如同那件事情不曾發生過一樣。

「傷口長得不錯，明天我給你拆線了。」一天早上，我查完房後對她說。

「太好了，憋死我了。」她高興地道。

「不過，你還不能出院，因為你裏面的傷口還沒有完全痊癒，還需要觀察一段時間。」我又說道。

現在，她已經習慣把我當成醫生了，不再那麼的羞澀。

她問我道：「為什麼裏面的傷口反而癒合得慢些呢？對了，裏面的線拆不拆啊？」

我笑道：「道理很簡單，因為你的例假容易造成傷口的感染。裏面的線不需要拆的，因為使用的是腸線，身體自然就把它們吸收了。」

她笑道：「哦。」

我看著她笑。

她詫異地問我道：「你笑什麼啊？」

「我覺得你夠傻的。當時，你幹嗎要跟著那個小偷跳下去啊？直接從樓梯跑下去不行嗎？」我笑著說。

她瞪著我，很生氣的樣子，「你才傻呢，你知道什麼啊？那個小偷跑得那麼快，如果我從樓梯跑下去的話，根本就看不到他逃跑的方向。我們當員警的都是經過專門訓練的，必須一直緊跟罪犯逃跑的方向追。你懂不懂？」

我一怔，頓時明白她說的有道理。不過，我還是繼續和她開玩笑，「那麼，假如罪犯從頂樓跳下去的話，你也要跟著跳下去不成？」

她瞪了我一眼，隨即大笑了起來，「馮笑，你討厭！我才沒那麼傻呢。罪犯那是自殺，難道我會傻乎乎地跟著他自殺？」

我忽然想起一件事情來，「對了，最近我看到一則新聞，說某個員警去追一個罪犯，結果，罪犯在慌亂中從樓上跳下去摔死了。後來，罪犯的家屬控告了那位員警，那位員警還被革了職。童瑤，這是怎麼回事？」

她歎息，「這件事情是真的。這說明了兩個問題。其一，是反映了我們的法律越來越健全，罪犯在還沒有完全認定犯罪證據前，只能稱其為犯罪嫌疑人，犯罪嫌疑人也具有普通公民的權利。其二呢，通過這件事情也說明了我們當員警的風險。我們在明明知道對方犯有罪的情況下，當然要奮力去追捕他了，但是，一旦造成了對方的死亡或者傷殘的話，我們還要負一定的責任。唉！這件事情在我們內部還引起了不小的反響呢。」

我隨即也歎息起來，「是啊，我們當醫生的也是一樣，風險越來越大了。特別是兒科醫生，如果病情特別重的孩子，除非你把孩子救過來，且不留任何後遺症，否則，他一定告你。這大致分三種情況：你不救，家長要告你；你救活但孩子傻了，家長也要告你；有時候，家長害怕後遺症，告訴醫生說不救了，但孩子抱回家兩天就死了，他還是要告你，說你憑什麼讓我放棄。唉！」

「是啊，大家都不容易。」她也感歎。

我們正閒聊著，忽然聽到有人在敲門。

童瑤問我道：「是護士吧？」

我搖頭，「護士不會敲門的。在我們科室，只有我進病房要敲門，因為就我一個人是男的。」

「那你去看看是誰啊？」她說。

我笑道：「這是你的病房，准不准別人進來，權利在你。」

她頓時笑了起來，「看不出來啊，你還蠻懂法的嘛。」

她隨即朝病房的房門處說道：「請進吧。」

一個人進來了，我頓時有些吃驚起來，因為我認識這個人，他是我那天在高速公路上碰到的那位員警。童瑤曾經告訴過我他的名字，好像是叫方強。

他似乎也記起我來了，因為他正詫異地看著我。

「我們在高速路上見過面。那裏出了車禍。」我急忙提醒他。

「對，我說怎麼這麼面熟呢。你是這裏的醫生？」他恍然大悟的樣子。

可是，童瑤卻冷冷地對他說了一句：「你來幹嗎？」

我頓時明白：這兩個人一定有過一段不尋常的故事。

請續看《帥醫筆記》之十二　官場詭譎

帥醫筆記 之11 詭祕投資

作者：司徒浪
發行人：陳曉林
出版所：風雲時代出版股份有限公司
地址：105台北市民生東路五段178號7樓之3
風雲書網：http://www.eastbooks.com.tw
官方部落格：http://eastbooks.pixnet.net/blog
Facebook：http://www.facebook.com/h7560949
信箱：h7560949@ms15.hinet.net
郵撥帳號：12043291
服務專線：(02)27560949
傳真專線：(02)27653799
執行主編：風雲編輯小組
美術編輯：風雲編輯小組

法律顧問：永然法律事務所 李永然律師
北辰著作權事務所 蕭雄淋律師

版權授權：蔡雷平
初版日期：2015年12月
初版二刷：2015年12月20日
ISBN：978-986-352-208-9

總經銷：成信文化事業股份有限公司
地 址：新北市新店區中正路四維巷二弄2號4樓
電 話：(02)2219-2080

行政院新聞局局版台業字第3595號 營利事業統一編號22759935

定價：280元　特價：199元

國家圖書館出版品預行編目資料

帥醫筆記／司徒浪著. -- 初版-- 臺北市：風雲時代，
2015.06 -- 冊；公分

ISBN 978-986-352-208-9（第11冊；平裝）

857.7　　104008026